멜랑 **코리** 사피엔스

시와소금 시인선 · 067

멜랑코리 사피엔스

이사철 시집

시와소금

칙

머리보다 조금 나은 심장 덕분에

가슴엔 늘 상처가 피고 진다

칙칙

깊이 잠들지 마라, 젖은 별이 아플라

깊이 꿈꾸지 마라, 검은 달이 아플라

−1칙

내 나이는 지금 0살

내일부터 −1살로 내려갈 것이다

| 차례 |

| 시인의 말 |

제1부 마각 흐르다

제2부 11시 88분

제3부 낯익고 낯선

제4부 멜랑크리사피엔스

작품해설 | 이성혁

제 **1** 부

마각 흐르다

9호실의 벽

컵이 자라는 순간 물은 두꺼워진다. 컵이 자라다 둥글게 두꺼워진다. 한 번도 가보지 않은 두 갈래 길은 어둡다. 컵에서 투명하다는 것은 조작된 우리의 다른 한쪽이다. 우리는 뒤틀린 손으로 컵을 아래로부터 자라게 하고 있다. 컵이 들리고 컵을 싸고 있던 공기가 넘어지는 자리가 햇볕에 탄다. 타는 것은 남은 한쪽이 거짓말을 하는 것이다. 컵이 씻어낸 항문이 열려서 발을 말리고 있다. 불이 얼고 목구멍에서 비릿한 죽음이 떠다닌다. 불씨가 아래로 솟구치는 컵이 존재하는 한 컵은 물 없이 자란다. 물도 몸 밖에서 컵 없이 씻지 않은 채로 자란다. ……따위의 벽은 두껍고 어둡다.

오랑캐꽃

다섯 살 난 아이가 개와 놀고 있다 놀고 있는 개는 절규다 개는
침을 찡그리고 개는 성대를 버리고 개는 발톱이 죽었고 개는
죽은 발톱으로 아이를 긁는다 아이가 용수철처럼 튀어 오른다
다섯 살 난 개가 다섯 살을 할퀴다 삼킨다 다섯 살은 물고 물려
문틈으로 달아난다

깃발들이 웅성거린다 부부젤라도 다섯 살이고 깃발도 다섯
살이다 경기가 시작되고 호루라기가 뜨겁다 어제 다섯 살 난 그
아이가 소리친다 빨대가 없어! 음료수를 마실 수 없다고!
휘슬을 분다 노란 카드가 솟구쳤다가 회수되고 음료수가
관중을 빨아드린다

보행기가 지나간다 다섯 걸음을 가다가 멈추고 남은 다섯
걸음은 사라진다 건물이 풀밭이고 그늘이 크고 높다 다섯
걸음이 다섯 살과 부딪혀 넘어진다 커다란 폐지가 보행기를
업고 사라진다 골목과 친해진 외할머니는 빌딩을 먹고 죽는다

아이가 다섯 살일 때는 트럼프가 당선되고 악수로 악수를 하고

그러나 악수는 두지 않는, 어느 나라 총리는 뉴스거리였다 악
수는 가라앉는 섬도 바다에서 건져 올렸다 쿠알라룸푸르가 들
썩거리는 날 다섯 살은 아주 개였고 개는 보행기처럼 각을 지우
면서 동전의 양면을 굴렸다

어쩌다 소도 살고 돼지도 살고 닭도 사는 날이면 개는 친구가
싫다 드물기는 하지만 아침부터 저녁까지가 그들에게는 친구가
없다 개가 멈추면 아이는 외롭고 빌딩이 개처럼 외할머니를
허공으로 던진다 아이가 처음으로 외할머니의 보행기를 감추고
빌딩사이에서 논다

터널 위에 살다가 내려와서 다시 터널을 쳐다 보는 날

옷깃을 여미고 세워봐. 차가운 피가 흐르는 쪽은 찢어버려. 호주머니가 무겁잖아. 허리는 비알처럼 구부려. 땅이 이마를 칠 때까지 눈동자를 쪼아대면서 고샅을 오르는 어둠의 속물이 돼봐. 헉, 헉. 등을 돌려 뒤통수를 칠 필요는 없어. 터널 위 어디였더라. 거기서 우리가 둥글게 자라고 움직였지. 꿈틀거리면서. 고샅은 리어카의 브레이크가 죽어도 된다고 수없이 말했고, 19공탄 재만 있으면 자랄 수 있다고 말해버렸거든. 음침한 밤 서성이는 것들. 모두가 습기위로 미끄러지는 것 같았지. 내가 밀어준 미화원의 그림자들도 그래. 노란 머리카락들이 모여 있는 아우슈비츠를 토하고 있는 것 같이, 거긴 검고 침침한 달이 하나 떠있었어.

마각 흐르다

주걱이 다 헤지도록 말가죽에게 갉아 먹혀 땅이 스륵스륵 잘린 다리를 끌고 간다. 울렁증에 걸린 산이 비틀거릴 때마다 바람의 키가 조금씩 줄어든다. 어디서 본 듯한 얼굴 속에 까맣게 달아난 추억의 그림자가 벌레시신의 무릎을 베고 누워있다. 나무가 염전에서 가져온 푸른 소리를 자루에서 꺼내 날려 보낸다. 외투도 입지 않고 민소매만 입은 여름달이 어설픈 몸짓을 하면서 기운을 지우는 모습도 있다. 어젯밤 동네 어디에서 이루어졌던 더운 공기 속 불륜 같아 조금은 서먹하게 느껴지는 움직임들, 그것들의 서글픈 눈동자, 다시 씹어보고 싶지 않은 냄새가 목젖의 사타구니에서 출렁거린다.

가엾이 합창

날개를 접는다

접는다는 것은, 비행을 마쳤다는 것 또는 잠들었다 깨어나지
못한다는 것이다 죽은 새가 종종 물위로 떠올랐다

여보, 새가 유리창에 부딪혔어
유리가 아픈가봐
유리를 저 산 밑으로 밀어내야 할까봐

금방 떠오른 새는 이마가 벗겨졌고 날개는 젖지 않았네

아이들이 날개만 건져내어 돌 위에 널어놓았다 빛이 날개에 닿는
순간 물의 부피가 줄어들었고 새가 푸드덕거리더니 하늘로 날아
올랐다

아이들도 소리를 지르며 따라나섰다
날개를 벗어던진 새와 날개가 타버려 돌아올 수 없는 아이들,
가엾은 것들의 합창은 시작되었고,

가볍게

아이들만 하늘 한가운데 박쥐처럼 매달려 바라보고 있다 익은
얼굴, 손이 닿을락 말락, 엄마엄마가 조금 더 자라기를 기다리며
허공을 툭툭,

창은 유리 속으로 들어가 날개를 접고 큰 나무에 앉았다가 쿵
벗겨진 이마가 물에서 걸어 나오네

아이들은 접는다, 접다

아옹선사

45병동은 54병동 뒤쪽에 있다. 핑크색 병동이 보이는 곳에서는 멀다. 얼마 전 별 하나가 운석이 되었다고 한다. 지금은 무궁화가 세 개 달린 계급이 대장이다. 아침마다 무궁화 세 개 달린 계급이 부관에게 점호보고를 하라고 한다. 운석에게도 점호보고를 시켰다고 한다. 그러자 별은 벌떡 일어나 전출신고를 했다고 한다. "별 심은 2016년 11월 11일자로 전출을 명받았습니다. 이에 신고합니다. 충성!" 어느 날 별이 복도를 지나 꼿꼿한 네다리를 들고 나갔다고 한다. 내가 45병동에서 전입신고를 하는 날에는 '아옹' 하고 기합을 넣는 그가 단연 별이었다. 무궁화가 세 개 달린, 부관이 전선시찰을 위해 기저귀를 바꿀 때마다 "아옹"이라는 기합을 여러 번 넣어 부관에게 혼나는, 그가 실핏줄이 파랗게 드러나는 손등을 검은 장갑으로 감추고, 별이 진 전선으로 시찰을 나가고 있다. 부관이 준 지휘봉이 비에 젖고 있다. 그가 가리키는 전선은 황색노을이 타오르는 막사 너머에 있다.

반려인

개들이내목줄을끌고간다황금으로만든목줄이헐거워졌다고하품
이바짝죄어준다숨이거칠어지지만어쩔수없다내가나를그렇게만
든것이다정부가준인식표하나가내목에걸려있다내인식표는순금
이다구스타브클림트가만든수제품이다내인식표에는여러번개명
한이름과페이퍼주소와낡은주민등록번호와수시로바뀐전화번호
가적혀있다나는가다가엉거주춤길거리에서똥을누기도하고전봇
대에영역을표시하기도한다고독하다고느낀개가금실로짠배변봉
투를들고가면서내똥과푸른기와집처녀의똥을열심히치운다얼마
전만해도나와그녀집의영역은하나의영역이었다요즘들어잡것유
기인이우리의영역으로들어오기위해초소부근전봇대에오줌을마
구싼다는이야기가들린다어림없다지금은목이조금아프지만고독
한개와그녀가있어서내가더커진다

온데간데

그는 뜨거웠고 움직였다 등만 보여주었다
우리가 자나갈 때마다
쩍벌남처럼 앉아 세고 있었다

땅들이 아프게 따랐다

손이 모여들었고 남김없이
숫자가 커졌다

순환선이 들어오고
눈동자들이 돌가루처럼 뿌려졌다

빛들이 사라진 골목마다
숨어있던 지시등들이 어둠을 벗어났다

다시 뜨거워지고
그가 우리를 세우고 있는 동안

벌어진 다리사이에서
가족들의 가는 다리가 떨었다

일어나서 멀리 보았다
밝은 곳에서 어두운 곳으로 들어오는

2호선에서 모래들이 자랐다

사람들이 알을 뿌렸다
없어진 아가미들이 창문을 내린 후

물고기는 집을 지었다 헐었고
굽은 등 하나가 굴레 뒤로 걸어가고 있었다

온데간데없이 으슥한
달빛이 보였다

끝끗

7월 8일에 만나

해가 지나 8월 7일이 되었는데도 아무 연락도 없고 만나지도
못했다

아랫줄을 읽었다

이제니
어제니
저제니

어항에 박고 있다

해가, 돼지 껍데기 속으로 숨는, 굵은 별 기어 나온다. 쯧쯧, 물과 불이 이마를 맞대고 서로의 입술을 쪽쪽 빨고, 쑥쑥 자라는 사이에 물의 날개들이 손가락으로 바위에 구피를 그린다. 나도 한 폭. 꿈들이 금색가루를 뒤집어쓰고 멈춘다. 의문의 꼬리가 다리를 비꼬고 앉는다. 글자 몇 개가 공중에서 떨어져 책속으로 들어간다. 낱말들은 왜 책속에 숨어있는가? 쪽별로 삿대질하는 그 쪽이 어설퍼 보인다, 고 소리친다. 킥킥 웃는 『눈의 저쪽』*이 금주의 책으로, 마르퀴즈 후즈 후의 케이크를 자르기 시작한다. 바다, 굵은 별이 어항 밖에서 어항 속으로 들어가다 구피를 드륵, 드르륵, 덜덜 박고 있다.

* 눈의 저쪽 : 이사철의 두 번째 시집 제목이다.

레토릭

터미널에서 한 사람이 다른 사람을 만났다 검은 모자를 쓰고 있었고 수염은 자랐고 입에 숨이 있었다 기침을 콜록거리면서 책장이 넘어가고 있었다 마네킹과도 같이 동무를 있었나봐

갈피사이로 가려움이 지나가고 날은 일그러졌다 잇몸은 버거워 떠나지 않았다 차만 번갈아 떠나고 그는 말뚝처럼 얼어갔다 뒤틀렸고 싸늘했다

내가 Where are you from, 이라고 물었대

그때 그는 기어들어가는 묵소리를 대답했죠 파미르공원에서 왔는데 어느 나라라고는 말하지 않았죠 그는 만지면 비워져 버린 것 같았죠 고원인지 공원인지 알 수 없게 검은 팔을 호주 머니에 넣고

그는 한겨울에 얇은 옷에 걸쳐 있었다 공원이 있는 나라에서 오는 차가 마냥 기다리고 있었다 고원, 콜록거릴 때마다 글이 거꾸로 자라 무시되었다

잇몸이 드러났다 잠시 말뚝을 웃었다나

고등어를 굽지 못하고

초인종이 울렸습니다. "택배 왔어요, 택뱁니다" N90마스크를 쓴 여자가 "웬 잔소리야, 개소리" 하며 짜증스런 목소리로 문을 향하여 말총을 쏩니다. 남자가 총알이 지나간 문을 여는 순간 택배기사가 건넨 물건에서 죽은 사람의 꼬리가 보였고, 말려있었습니다. 꼬리가 해쓱한 얼굴로 바라보고, 받는 사람 이름의 끝 글자는 *이었습니다. 집엔 그런 이름이 여러 명, 누구에게 전달해야 하나, 넘겨받은 택배는 아주 작았습니다. 흔들어도 소리가 나지 않는, 여자는 실망했고, 겁이 났습니다. 탄저……균, 아닐까 용기를 내서 뚜껑을 열었습니다. 상자 속엔 캔 하나가 졸고 있었습니다. 텅 빈, 여자는 꿈이 사라지고 귀퉁이에서 많이 본듯한 그림자 여럿만 어른거려, 호주머니 없는 옷을 입은 얼굴들. 가슴은 헤지고, 눈 주변이 푸른 웃음으로 덮인, 그들이 손을 내밀었습니다. 손과 손은 닿을 수 없이 멀었고, 사월 첫날은 고등어를 굽지 못하고 그렇게 지나갔습니다.

시험이 있다

꽃이 피고 진다
모른다

산 밑에서 시멘트 건물이 자란다
'헐' 벽돌은 무너지고

미술경시대회가 치러진다
모르는 것이 죄가 되어

개떤다

가슴은 사라지고
여자가 여자가 아니다

개떨고 나와
옆에서 개떨고 있는 나를 보면서

없어지는 것이 보인다

캄캄하게 서 있다

'즐'이 피고 지는 것도 모르면서
여름에 개떤다

개는 멀쩡하고
개떠는 날에 시험이 있다

한차례 있다

'더' 알고리즘*

웃음이 바닥을 쳤지

끝이 어딘지
아는 사람은 누가 있겠나

내 뼈가 지난날의 '더'를 이기지 못해 스스로 무너져 내렸지,
뭐가 뭔지
도무지, 몸은 골로 가기 시작했어
죽은 언어의 날것들이 가죽에서 떨어져 나와 '더' 비틀거리는

냉정은 빈대가 물을 건너는 기술을 스스로 깨우치는 것보다 더
어려워
어느 누구도 산을 오르는 이유를 모르는 것처럼 더 차가운

숨찬, 낡은 침대와 녹슨 이마가 헉헉거리는, 이제 모든 것을
버리고 떠나도 되는 거야 너는 알고 있지만 모든 것을 숨기고
참는데 선수라지 때로는 너의 정강이가 너무나 번들거려서 곧
탄로 나고 만다는 사실을 너도 알아야 해

침이 '더' 마를까 두려워 입의 중간 속도를 내고 있어

다가오는 것들이 모두 우리가 상대할 것들, 가만두면 무엇이든
지워버리는 습성이 있어 너의 바뀐 얼굴마저도 없애버릴지 몰라
지워진 얼굴에서 눈동자가 한쪽으로 기운 것 보이지

일어서 어서 입이라도 바꿔치기 해
그래야 파이가 늘어날 수 있다고 다른 나라에서 타전되었지

깊이 생각할수록 0과 1의 언어가 점점 커지고 숨어있던 사람
들이 호흡곤란으로 뛰쳐나올 때마다 벨소리가 시끄럽게 들리지
파이는 조금씩 귀퉁이가 잘려나가고

로봇은 언제나 너의 등 뒤를 '더' 조준하고 있어

* '더' 알고리즘 : 이 시는 2017년 〈시에〉 봄호(45호)에 실렸으며, 2017년 계간 〈시향〉
여름호(66호) 『현대시 펼쳐보기 50선』에 재수록되었다.

청운동쪽으로

겨울비가 내렸다. 그림자가 긴 밤거리를 걸었다. 누런 불빛들이 나를 에워쌌다. 어디로 향해야 할지, 계절은 가고 오는지 생각하며 깃 없는 옷을 입고 걸었다. 목을 타고 등줄기를 향해 내려가는 서슬 퍼런 힘이 느껴졌지만 참았다. 거리는 온통 레인으로 덮였고 누런 불빛이 깔렸다. 박쥐처럼 레인을 헤치고 나가는 기술은 없을까 생각하면서 걸었다. 레인의 힘은 점점 단단해졌고 나는 등줄기 아래쪽부터 무너져 내렸다. 누런 불빛들은 X마스크를 쓴 채 소리쳤지만 욕은 하지 않았다. 나는 높은 체온을 버리고 겨울비를 막아냈다. 검은 쪽에서 흰 쪽으로 조금씩……

제 **2** 부

11시 88분

막차

한차례 바람이 분 다음 망각의 혀가 물고기 비늘만큼 기도 쪽으로 말려든다. 뭉툭한 돌기가 말린 자리에 가시들이 날을 세워 일어서고. 장미넝쿨이 손을 길게 뻗어 피부에 닿자마자, 가시에 가슴을 베인 어느 시인의 심장처럼. 유록의 바다가 지워진 그림자 를 툭, 툭 친다. 어디론가 끌려가고 있는 말들. 머리맡에 걸린 벽시계가 종을 세 번 치자 연보라색 장미들이 장엄하게 피어나고, 천사가 흰 장갑을 끼고 들어온다. 마침표를 꾹 누르는 순간, 다음 정차역이 전광판에서 눈을 감는다.

슥

101

슥, 늪지대에서 걸어 나온 여자가 휴대폰을 씹고 있다

2

슥, 망토 아래로 말라버린 물들이 주르륵 빠져나간다

33

슥, 여자는 늘어진 어깨를 에둘러 밀어 올린다

010

슥, 여자가 가는 길은 발자국마다 빈 배터리로 가득하다

6

슥, 둥글고 네모진 이마를 가진 여자가 차가운 공기를 덥혀줄
남자를 문다

99

슥, 늪은 잘려나가고 갇혀있는 물은 출렁인다

11

슥, 알파여자의 얼굴이 헐거워지고 눅눅해 진다

7

슥, 길가에는 아이만한 민들레의 자궁이 바람에 떨고 있다

8

늪이 졸아들고 있는 동안 알파여자가 머뭇거리던 자리, 가

슥, 그러니까 웃는다

4

슥, 노란 발끝에 버려진 민들레

00

슥, 껍질 없는 여자가 외롭게 옆에서 옆으로 걸어가고 있다

1

슥, 베타여자가 베어진다, 피가 흐른다

5

슥, 배터리가 차갑다 문다

새들의 ㄷㅂㄱ

세 마리의 새가 떠올랐다. 한 마리는 죽고, 또 한 마리는 갔다. 그리고 사라졌다. 하늘에서 이루어지는 일 중에 가장 차가운 무게가 떨어지는 오후. 나뭇잎은 말을 알려주었다. 수렁에 몰릴수록 정신이 더러워진 나는, 멀리 무지의 새 세 마리가 날아가고 있는 것을 보지 못했다. 총알이 발가락 사이를 지나가고 난 다음 남은 `것들. 새들의 날개가 휘청거릴 때마다 뒤바람이 강하게 느껴지는 총구, 새들은 하늘에 뿌리를 심고 내려올 줄 모른다. 낮달이 가슴을 나뭇가지에 걸고 흐릿하게 버티는, 하루는 조금 전의 하루, 단단한 뿌리들의 발칙한 상상이 하늘을 향해 모세혈관을 뻗치는 새의 나라. 새들의 불. 새들의 볼. 새들의 발. 지난날 새는 세 마리였고, 앉을 곳은 두 곳 뿐. 하나가 빈 하늘은 아는 것이 없었고 새는 날지도 죽지도 않았다. 총소리가 울린 곳으로 누군가가 고개를 내밀었다가 맞았을 뿐, 이라는 말들이 무성하게 자라는, 새들이 날아가던 하늘은 사라지고 북쪽만 바람꽃처럼 떨고 있어.

시술

무언가 다가오고 있어.

알 수 없는 소리들이 눅눅해지고 있어. 자 버릴 것은 버려. 한 곳으로만 던져야 해. 일어서게 하면 좀 그렇잖아.

가까이 있는 것이 깊어지고 있지. 그게 뭔지 코를 킁킁거려볼까 아니면 어쩌려고.

걍 두면 안 돼.
걍 둬, 걍 쥐처럼 된다니까.

나가려고 해. 아직은 붙잡아둬야 하지 않겠어. 아니야. 살려두는 것이라는 말이 더 맞을 지도 몰라. 뭐 그리 찔러야 하겠어. 날름 이지.

밀지 마.

한쪽으로 힘이 굵어지면 털이 다 벗겨진대. 건드리면 따갑기도 하고.

그러니 가만 있어봐. 뭔가 열릴 거야.

철커덕.

잠겼잖아. 이제 됐어. 나가려고 해도 눅눅해진 말들이 틈으로
손을 내밀 때까지는 입술을 바르르 떨어보는 거야. 열리든,

그래야, 그제야.

무언가 다가오지. 그가 빈 귀를 쿵쿵거리면서 어둠의 깊이를
자로 말아 올리는, 그래서 그렇게 되는 거라고, 그러니까.

거봐?

한쪽 팔에 털이 다 사라지는데도
그 사람은 옷을 벗고.

쑤셔도 말라가고 있어.
자그마치 쐬기만 하는 거야.

백설처럼 흰

자정을 넘겨 피어오르는 연기, 쓰러지는 굴뚝, 나는 잠금장치를 빠져나온 새가 되어 긴 수염을 펄럭이며 아침 온도 위로 걸어 간다. 내가 나를 지킬 수 없어 간절함에 이르지 못한 죄, 차가운 공간은 숨소리만 거칠게 흐른다. 백설처럼 흰, 백설에 의한 실존은 다시 어둠 속에서 빈 껍질처럼 부풀어 오르고, 나는 나의 힘만으로 간절히 바라는 것을 만들 수 없다. 검은 동공을 빠져나오다 길을 잃어버린 너 그리고 마리안느, 슬픈 강물 위에서 절름거리는 나의 백설처럼 흰, 질척거리는 없는 것. 사르 트르의 휘어진 발목이 절름거린다.

벼룩시장

나는 신설동 9번 출구에서부터 쩔뚝거렸다. 하늘을 쳐다보면 건물이 너무 높아서 그렇고, 지나가는 사람들이 개미 같아서 그렇고, 100년 후 지금 길 안에 이 사람들이 하나도 없을까 걱정 돼서 그렇다. 여자가 앞만 보고 가라고 일렀다. 내 처지만 보고 가라고 했다. 나는 좌에서 우로, 우에서 좌로, 좌에서 좌로 혹은 우에서 우로 오르내리다가 마침내 닿은 곳에서는 쩔뚝거림이 더 심해졌다. 거긴 그런 사람들만 모여드는 곳이고 그래 야만이 몸값이 뛰기에 다행이었다. 나는 지나가는 사람들을 흘끔흘끔 쳐다보며 한쪽 다리는 길게 또 한쪽다리는 짧게 하고 제일 비쌀 것만 같은 물건 옆에 서있기로 했다. 하루 종일 서있으려니 견디기 힘들지만 여기 들어온 이상 참기로 했다. 이 윽고 저녁 시간이 되어 경매가 시작되었다. 다른 사람들은 모두 팔려갔는데, 나만 혼자 남아 유찰에 유찰을 거듭한 끝에 겨우 육십 전에 낙찰되었다. 최저가로 낙찰 받은 여자가 엽전 한 닢만큼 가벼운 나를 받아들고 경매장을 나선다, 애써 눈물을 감추고.

노량도

나는 초4, 7년 파서 9급 될 끼라 검정-검정-검정

11시 88분

반점2 누워있다, 싸늘한 1000원짜리 한 장으로 5년 후에, 드나드는 mOon2 하나, 레일은 직선2다, 자장면2 레일에게 먹힌다, 짬뽕도 그렇고 탕수육만 슈퍼 MooN으로 먹힌다, 직선2 곡선들과 나란히 마주하는 빈점, 반점은 곁에서 놀지 않는다 까마귀의 검은 가슴2 장작을 안고 노래하는, 짬뽕2 칡과 등을 만나기도 하는, mOon2 하나밖에 없어도 5토바2가 번갈아 질주하는, 한쪽은 속2 비어있어도 레일 위를 달리는, 공사판의 아침2 쓰린 속을 털 때마다 키가 조금씩 자라는 집, 칡꽃과 등꽃2 번갈아 피는 골2 깊은 집, 나무젓가락 없2도 자장면과 짬뽕을 먹을 수 있는 집, moOn은 하나지만 굽은 직선들2 면면 만나 꼬2는 집, 철가방2 플라스틱 가방으로 바뀐 집, 둥글게 휘어졌다가 도로 제자리로 돌아오는 힘2 강한 집, 그 집2 5년 후에도 1000원에 두 개인 잡채만두를 회전목마에 태우고 있다

(사람 2는 고개를 숙2고 눈사람 2는 반듯하게 서 있다)

떼창

지난밤 나는 떤다. S석에 강한 바람을 분다. 나무에서 일제히 창끝을 쏟아진다. 하나 같이 한곳이 바라보고 쏟아진다. 어렵게 마련한 자리. 창끝는 안개를 집어삼킨다. 나의 갇혀버렸고, 사정 없게 찔리기도 한다. 나를 아프다고 말할 수 없다. 나를 피해자 라고 외칠 수 없다. 땅바닥을 창끝들이 수북이 쌓인다. 무서 워, 밟을 수 없다. 밤이 깊어갈수록 창끝을 우글거린다. 모두 불 빛 쪽으로 뻗으면서 지그, 지그, 지그을 외치고 있다.

애먼

닳히고 부러진 연필들의 뿌리가 끊어진다. 지우개는 내가 보내준 것들을 이미 다 지우고 있다. 말끔히 지워지지 않은 것이 희미하게 보인다. 사람이 떨어지고 있다.

선생님은 오지 않았다. 밀려났기 때문이다. 오지 않는 것을 받아들이는 눈치가 끊임없이 이어진다. 출석부에서 이름이 절름거릴 때마다 눈동자가 출렁인다. 물레처럼 소리 없이 돌다가 멈칫거리면서 소리를 지른다. 나는 커갔지만 그는 멈추고 있다.

크게 소리 나는 곳은 없다. 없어도 시끄럽고 조용히 차들이 지나간다. 소리가 크게 미끄러진다. 처음부터 그곳엔 사람이 매달려 있지 않았다. 지우개가 지워버린 사람들이 다시 돌아오지 않는다. 버린 숲에서 파란 의자들이 꿈틀거리다 사라진다.

끝에서 끝으로 가는 길은 자다가도 다시 바라본다. 모퉁이를 돌 때마다 그렇다. 웅덩이가 파진 곳에서는 누구나 발이 휘어지고 아프다. 참을만하다가도 익숙지 않아 눈치가 비틀거린다. 느리다는 것을 안 후로 아이가 울음을 세게 울다 잠든다. 서먹하게,

겨울유목

낙타야 일어나. 어서. 눈이 펄펄. 가야해. 툰드라 툰드라가 그렇지. 쉬지도 못하고 물도 없이. 그렇게 수 만년을 가고 왔어. 쉬지 못한다는 것은. 졸린 우린 미안해. 여긴 눈이 마구 쏟아지는. 쌓이는 곳. 야크, 하네크, 툰드라. 양, 염소, 그리고 툰드라. 움직여야 해. 산을 넘으면 또다시 툰드라, 말이 얼었다 녹는다. 늑대가 밤마다 눈을 삼키고 있어. 아이는 조용해. 툰드라 말고기, 양고기, 어둠은 피를 뿌리는 거야. 오늘은 노숙자가 떠날 차례지. 낙타를 마시네. 툰드라 옆을 걷네.

부적

지갑 안에서 누군가 구시렁거린다. 머체왓* 다녀오는 길, 허기진 뱃속에 갈비탕 한 그릇 말아 넣는다. 잔돈 팔만 팔천 원 지갑에 다시 꽂고 봉인한다. 더 구시렁거리는 소리 들린다. 목구멍이 부어오르고 따끔거린다. 식당 문으로 낯익은 여자 하나가 들어선다. 여자는 차가운 모습이다. 나는 나를 외면하고 여자는 반대쪽으로 크로스된다. 나는 바깥으로 나와 통증 뒤에 숨어있는 갈비뼈에 손을 얹는다. 잘린 뼈들이 하나씩 탕 속에서 의식을 찾으면서 부적을 향해 바운스, 바운스,

크로스되는 여자처럼 신비하고도 매력적이지만
불쾌한 아프락사스!

---

* 머체왓 : 제주어로서 '머체'는 돌을, '왓'은 밭을 의미하므로 '머체왓'은 '돌밭'이라는 뜻이다.

바닥이 깊어진다

일어서다 누워버린 물속이 축축하다.

날개 없는 것들이 버겁게 펴진다. 나무가 옷을 벗긴다. 남은
것은 모두 빨려 들어가고 숨소리를 가두었던 감정 하나가
문밖에서 어지럽게 터진다.

기억은 말라
남은 것은 빨려 들어가

신문지의 가운데 갈피에서 쉼표사이를 타고 오르다가 돌고래
표 밥을 먹는다. 아직도 그들은 낮은 숲에서 자라고 있다. 검은
짓들이 바닥근처를 오간다. 먼저 왔던 흔적들이 발가락 하나를
아프게 한다.

그들이 젖은 가슴을 헹구고
거짓은 이미 지나가버린 창틀에 누웠다.

붉은 눈금은 늪의 소리를 지우고 키운다. 머리는 두꺼운 그릇

두꺼운 꿈이 그들을 둘둘 만다. 늪이 생멸하는 순간, 건조한 집과 바닥사이가 깊어진다.

졸던 구름이 누울 수 없어
그들은 날지 못하는 것들, 죽고 있어.

부러진 다리가 등 뒤에서 그들을 밀었다. 바닥이 시퍼런 등짝을 돌로 긁었지. 가운데가 내려앉은 집이 또 그들을 버렸어. 그들은 그냥 있을 수 없어 물 같이

고여 있는, 나머지가 떠나간 말로 말한다.
그리고 1과 0한다.

갇힌 돌

돌이 되려고 해. 손아귀에 쏙 들어가는 돌말이야. 돌은 옷을 입을 필요가 없어. 주는 것만 입으면 돼. 가장 추운 날 강가로 달려가서, 물이 다 얼기 전에 얼음 속에 갇히려고 해. 겨우내 미동도 없이 갇혀 있다가, 봄이 오면 풀려나려고 해. 희망……. 갇혀 있는 동안 물은 어떤 형식의 울음을 갖고 있는지, 딱딱한 물은 어떻게 버림받았는지 알아보려고 해. 물고기의 호통소리도 들어보고, 갈대가 날을 세워 하늘을 자르는 이유를 알아보려고 해. 갇혀있는 동안 꽃길만 걷다가 몰락한 흰 돌들. 그들은 어떻게 생각하는지 한번 물어보려고 해. 정말로. 추울까. 블랙, 블랙.

제 3 부

낮익고 낮선

막장

고요가 검은 돌밭을 지나간다.

어느 날 난간에 간신히 상반신이 걸려있던 판자 집 반지하방이
침수되었고, 네가 덮었던 밤이 젖어 알몸처럼 식어버렸던 때를
생각해보면 아직도 아프다. 그 후로 바튼 기침을 자주하던 네
모습이 아른거려 나는 잠을 이룰 수 없다. 그때마다 문틈으로
들어오는 불빛을 따라 나가, 무작정 침묵의 거리를 배회하고
푸른 눈을 가진 길고양이를 만나면 기겁하기도 한다. 비 오는
날이면 젖은 그림자를 덮고 자는 너를 만나기 위해 이따금 여기
올 때마다 바람은 세차게 불었고, 푸른 하늘이 지워져 검은
시공만 남던 하얀 것들의 불모지. 푸릇간 불빛이 핏물로 뚝뚝 떨
어지는 거리, 내일 막이 내려질지도 모르는 것들을 잡히고, 돼지
비계로 목구멍의 때를 벗겼던 너의 아버지를 생각해본다.

함박눈이 내린다. 비틀거리는 밤, 하얀 것들의 불모지였던 검은
돌들이 무너져 내리고 있다. 선탄장을 빠져나온 길고양이의 털이
하얗게 빛나고 있다,

막장을 막 돌아서려는 아버지들의 그림자처럼.

기억

나는 네가 누군지 모른다

나도 네가 누군지 모를 때마다

우리는 그렇게 울고
울려고 했고

울 수 없었다

돌이켜보면

샌다는, 샌다는 것들
틈이 지워지고

잠든 화면들이 어긋이 다가오고

퍼득인다
펄떡인다

떨어지지 못하고 졸고 있다
너는

날개도 없이
나는 아무것도 모르면서

한 줄로 걸어가고 있겠다
걸어가다

울고 울 수 없게
생각만 크다

놈삐

너는 그 속에 갇혀있을 거야. 있어야 돼. 반드시. 들어있는 것은
조금씩 달라. 오래도록 부풀어 올랐어. 아래로 내려갔지. 지금
울기도 했어. 소름을 잘 참아냈지. 비워둔 마음을 버려야 했
어. 옆으로 갈수도 있는 것 아냐. 너의 그 속에 들어있었다는
것. 무서움이 겁도 없었다는 것. 비스듬해도 느끼하다는 것. 돌
아오다 미끈하게 달려갔다는 것. 쥐는 구멍에 꼬리가 길어
반대로 웃었대.

늘

아침에 새가 똥을 던졌다. 내 어깨위에다. 쳐다봤다. 새는 오줌
이 마려웠다. 내 입속으로 갈겼다. 나는 돌을 던졌다. 새가 보고
웃었다. 그러면서,

"야, 이놈아. 거긴 내 변소야. 누가 내 변소 위로 지나가랬어. 우
라질 놈 같으니라고."

애써

더러는 누구 엄마고, 더러는 누구 아빠고, 누굴 위해 누가 누굴 위해

한다는 건지, 하여야 하는 건지

아무도 모를 때

멍하니 나무의 뒤쪽에 숨겨둔

벽을 만져보면

버즘이 자라는 쪽만 커진다는 것을 안다
나무가 가지사이에서

가지사이로 건너뛰면서 때린다

건드리지 말아야

누가누굴누굴

말강말캉말캉

하나가 선다, 졸면 꺼진다

엄마고 아빠고
둘 다

선다는 건
조는 것보다 더 피곤하다

누굴, 말캉하게
끝없이 지워내고 있다

하나가 둘이 아닌 누굴누굴
말캉말캉한 것처럼

밤 11시 31분

없는 것이 없이. 없는 것은 없고. 없다가 있다. 있다가 없다.

눈, 코, 귀, 입이 그렇다. 필요한가.

꼭

목이 사라졌는데도 중심이 그리운가. 좌우가 같아야만 설 수 있는가. 같을수록 아름답다는 것인가. 미세한 비대칭. 비대칭이면 덜 아름답다?

두 개인 것은 왜 짝이라고 불러야 하는가.

내가 무엇을 말하고 있지. 모르겠지. 입은 하난데. 열 개가 할 말이 없을 때도 있는데……

콧구멍은 하나가 열리고 하나가 닫힌대. 덧댄. 이는 스물여덟 개만 필요한데 왜 서른 두 개가 있다?

다리가 여섯 개인 짐승이라는,

날개가 네 개, 귀와 코와 입은 없다고 말했지. 없어도 앞으로 갈
수 있다고 말했지. 위로 날수도 있다고 말하진 않았나.

똥구멍으로 먹고 그곳으로 싸는
우리처럼 생긴 것이 어긋나게 울고 있다는 것 이외에는……

목 없는 내가 너를 그립다.

낯익고 낯선

나를 헹구고 있는 동안, 벌레들은 손등으로 기어오르고, 꼬리 잘린 박쥐들은 축 늘어지고, 하늘은 거꾸로 돌고, 인간은 해면처럼 딱딱해지고, 고흐회사 자동차는 시끄럽고, 사이프러 스는 비스듬히 잠들고, 검은 그림자는 울고, 서쪽 하늘은 붉게 비틀거리고, 전화선은 꺾여 꼬이고, 소리는 휘청거리고, 나사는 풀려 힘없고, 세상 모든 것은 낡고 저물어, 르네 마그리트로 시작된다.

엠바고

알아서 떨어지는 것들이 있다. 울렁거리지도 않고 끊어진 선. 정해진 공간을 지나가는 것도 마음대로일 수 없는, 작은 영혼의 기울기에 상처가 흘러내리기만 해도, 눈 깜짝할 사이, 잘못이 잘못을 덮고 흐른다. 버려야 할 핏줄이 울컥하고 일어설 때마다 입구가 수없이 무너져 내리고, 온도가 서서히 떨어진다. 한 번도 싸우지 않았다던 지난날이 새까맣게 타버려, 적어놓을 것은 더 이상 자라지 않는다. 아줌마가 그릇에 못갖춘마디를 받쳐 들고 빗금을 오르다 넘어진다. 빗장 풀린 꽃잎들이 우수수 떨어진다. 하늘은 생각보다 우울하고, 아줌마는 노래 말 속으로 들어가 눕는다. 다음날 신문에는 보도되지 않았다.

희미하게 잠기고.

봉의산 가는 길

누가 물었다, 그날 어땠느냐고

다리가 힘없이 무너져 내리는 소리가 난 다음, 비석거리를 지나
던 너의 짧은 팔이 하늘로 솟구쳐 올라 산자락을 잡아챘느
냐고, 그날은 여름인데도 몹시 추웠고 무슨 일이 일어났는지 아
무리 생각해봐도 연결되지 않았어, 혀는 꼬부라져 펴지지 않았
고 길에는 차가 한 대도 없었어, 그런데

누가 또 물었다, 그때 전계심全桂心*이라는 여자를 보았느냐고

총 맞은 비석 하나 서 있고 봉분은 없었던 것 같아,
어렴풋이 <아웃 그리고 블랙>

* 전계심 : 백정 출신의 기생이었으며, 춘천부사 김처인의 소실로서 정절을 지키다가 겁간 당하자
더럽혀진 부위를 검으로 도려낸 후 독약을 마시고 자살한 의기이다. 근래 들어 그녀의 충절을
기려 국악뮤지컬, 창작극 등 다양한 장르의 작품이 만들어지고 있다.

詩

간절해서 간절곶에 갔지. 거기엔 곶이 없었어. 곶은 곶과는 멀었지. 곶은 갑(岬) 또는 단(端)이었고, 관(串)과는 같은 족속, 간절해서 찾은 곶은 처절함이 빠져있었어. 곶이 없다면 곶과 같은 족속인 무수단(舞水端)에 가서라도 간절하게, 춤추듯 물 흐르듯 내 언어가 아닌 울타리 밖의 이상한 말들을 쏘아 올리고 싶어. 펑펑 쏘아올린 말들이 궤도를 벗어나 끝없이 항해 하다가, 꽃그늘아래 숨어있는 로스248이라고 명명된 별의 뺨을 타고 오르는 카멜레온도 되고, 피에로도 되고, 거기서 운행하는 588번 버스를 타고 야동휴게소에 들렀다가, 대밭촌을 지나가봤으면 좋겠어. 아직도 거기에 몇 집이 난초업(蘭草業)을 하고 있는지 궁금해.

수풀노랑희롱나비*

우리의 어둠은 어디에 있는 것인가

비틀고 내려앉은 새의 숲에서 어둠을 죄다 꺼내버려, 지워버 리 든가

황색나무 아래로 왔다 갔다 하면 불안 말고 또 무엇이 자라 겠어 어둠이 사라지고 거기 가슴을 잃어버려 팽팽한 팽나무 한 그루 서서 무언가를 중얼거리고 있는 것 보이지?

연기가 갇힌 숲에는 모양이 다른 비가 오고 있어 바람에 흐느 껴

연민은 버려, 우리의 날개는 그때마다
물방울이 맺힌 긴 가지 끝을 지나 풀잎위에 풀잎처럼 접혀있 어 나뭇잎은 사라지고

당장 무엇이든 펼 생각은 없어
찢어진 오해만 주르륵 그리고 간지럽게 오그라들지

나비의 깃털에서 물이 조금씩 자랄 무렵 빈틈은 어렵게 긴 그늘
을 들어 올리고 있지 먼데서 달려온 기억들이 먼지처럼 하나씩
풀리면서 강 건너 대장간의 망치소리를 놀리고 있지

딱다닥 딱다닥

낫의 날이 서고 호미의 더듬이가 무디거나 누울 준비를 하고 있
는 것 같아
땅은

어제도 오늘도 갇혀있던 어둠을 지우고 있어

우리의 숲에서 저절로 자란 긴장감이 말을 돌려막으면서 중얼
거리고 있지 연기가 갇힌 어둠에는 모양이 다른 비가 또 내리고
있어, 우′ 우″ 우‴

접힌 날개가 풀잎 뒤에서 천둥소리를 꺾고 있는

* 수풀노랑희롱나비 : 이 시는 2017년 〈시예〉 봄호(45호)에 실렸던 것을 재수록하였다.

문래동 · 1

물레소리가 난다. 가릉가릉, 미세먼지를 마신 발들이 불빛 속으로 사라지고, 소리치는 공장들의 눈동자가 벌겋다. 눈길 주는 것은 아무것도 없다. 물레 돌리는-고양이 한 마리가-벽돌-속으로-들어가-존다.

문래동 · 2

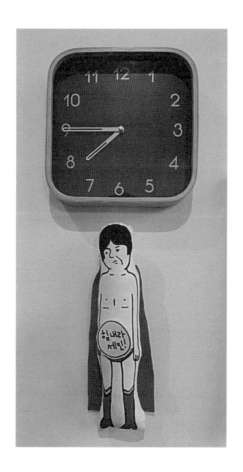

문래동 · 3

슈프림, 슈……

검은 별, 정중히……

제 **4** 부

멜랑**코리**사피엔스

파벨라

뿔이 아프다. 지글거리는. 왜 녹아내린다. 번개가 친다. 틈새가 캄캄해진다. 잠시. 처음 본 것들뿐. 다시 본 것들이 잘 보인다. 아픈 것들이 골라 일어서기도. 비틀거려. 낡은 것들이 울다가 웃는다. 뿔난다. 계단이 바스락 거린다. 부서져 내린 공기가 깔린대. 뿔은 아프고 다시 웃지 않는다. 미리 만들어진 대로 울기만 하겠지. 뿔뿔. 좁게 피식거린다. 흩어지다니. 숲이 뿔 속으로 걸어 들어간다. 달만 하나 자라는, 헤어진 후부터 으스스, 하나가 쓸쓸하다.

누굴나무

ω

내가 나를 데리고 있던 날 그는 노랑이고 나는 무채색이었지 나는 날개를 접고 죽은 것들을 찾으려고 숨을 헐떡거렸지 그러나 찾을 수가 없었어 담 너머에서는 그저 보리가 누렇게 익었지 가슴도 부풀어 올랐고

ω

숲에서는 치킨 한 마리가 울었지 우는 것은 와이파이 존에서만 가능해 사람들의 입이 놀라 나무 위로 올라갔어 그늘이 새로운 치킨을 배달해 준다네 누굴나무 위에서 휴대폰이 우네 우는것은 비어있는 것들의 자유야 치킨은 울지 않았어

ω

박보검과 송중기가 온다고 했지 산골에 배달된대 그들이 도착하기 전에 웃음이 다 방전되었어 그들은 공식을 만들어내지 못

했어 덜컹거리는 루트는 무거웠고 팩토리알만 약간 얼큰했지
풍듀가 쓰러졌어 넌 누구니?

ω

내 얼굴이 둥글게 커갔어 산속에서 영화 한편을 보았지 송중
기가 거기서 주연이래 박보검이 영화상 시상식에서 사회를 보고
있는 거야 미니스커트를 입은 여성이 웃으며 앞으로 지나갔어
아무도 쳐다보지 않았어

ω

갑자기 숲에서 알약들이 우르르 몰려나왔어 30개가 들어있는
알약 한 봉지가 찢어졌어 약사가 약이 올라 약국지붕으로 올라
가 외쳤어 또 30개가 하루치인 알약이 나타나 무중력상태로 떠
돌아다녔어 할아버지가 모두 짊어지고 갔어

ω

내가 나를 데리고 있는 날마다 색상이 바뀌고 피자집 마당의
도우도 커졌어 내가 연신 지느러미를 때렸지 밀밭에서 여자가
다가온 거야 무어라고 하는데 나는 도무지 알아들을 수가 없
었어 그냥 끄덕였지 그녀가 알 수 없는 말을 하면서 울었어

ω

시계가 거꾸로 가고 모든 골짜기가 슬펐지 탁란이 시작된 가봐
갈대밭이 아무런 처방전 없이도 나고 먹고 죽는 거야 오목배미는
다 안다고 그래 알면서도 속는 것이었지 오늘은 피리 부는
사람들의 얼굴이 없었어 나도 그들 중 한사람이었지

ω

약이 든 병들은 모두 흰색이었어 물도 가급적이면 흰색으로 보
이려고 애썼지 그런데 병색은 속이 까맣고 더듬거리고 벽처럼

구멍이 숭숭하게 자랐어 검은 빛이 피부에 도장을 찍어도 썩지
않았어 그래서 나도 도장을 몇 개 받아두었지, 햇빛이 네모지게
둥근 날 오후던가

헌데

어느 쪽으로 돌아야 하나, 지시하지 않는다. 없다. 걱정이 사라
질 때까지 식었다. 왼쪽으로 돌릴까 오른 쪽으로 돌릴까.

양쪽으로 돌리면 더 힘이 들까.

그럴까, 던져도 무너지지 않는 기억은 누구로부터 물려받은, 기
억은 되살아나는 걸까.

한쪽으로만

묵의 오로지가 튼튼하다.

침묵도
과묵도

오른쪽 아니면 왼쪽으로 돌렸을 텐데.

기억이 그대로인 것을 보면

왼쪽에서 시계처럼 돌까, 돌릴까.
오른쪽에서 왼쪽으로 거울에 갇힌 시간처럼 돌릴까, 돌까.

엄마는 밤마다 생각한다.

왼쪽으로 또는 오른쪽으로 밤묵을 쑤면서 그리고 기억해 낸다,

어슴프레
우리가 어떻게 묵으로 태어났는지를.

눈금이 산다

벽에 못 끝으로 심은 눈금이 자란다. 날마다 연기 속에서 훌쩍거리던 노 보살 빗장 빠져나와 여기 곤드레 저기 곤드레 빈 벽에 또 눈금, 달아나지 못하게, 오래 기억되게, 그을린 벽에 숨긴 세월, 숟가락에 드러누운 물안개, 멸치국물처럼 일어서는 밤은 고요의 거품이다. 떼꾼 떠나고 꽃떼 다 지면 삼강엔 무엇이 내리나. 메나리 술잔에 기러기 눈동자 맑게 뜨고 검은 사리 하나 떼, 떼, 하면서 구름 속에서 다시 구르려나, 등이 간지럽다.

고래가 버리고 간

한 여자가 눈동자를 머리에 이고 고래를 잘랐다. 고래는 식칼 하나에 묵묵히 속을 비워줬다. 비운 속으로 한 남자가 들어왔다. 바다가 뜨겁게 차오르고, 차오른 바다가 끓어 넘칠 때쯤, 그녀는 눈동자로 바다를 오려서 떠나려는 고래에게 다시 붙여주었다. 고래는 바다로 나갔다. 밍크고래는 항구를 떠나는 방법이 달랐다. 사람들이 달려가 고래를 돌려세우려 했다. 고래는 배를 한번 뒤집은 다음 떠났고, 새벽부터 피로 물든 바다는 더 이상 출렁거리지 않았다. 고래는 곧 속을 채웠고 바다는 남자의 울음으로 덮였다. 고래가 등대 옆을 지나가고 나서 동해가 우리들 바다가 되었다. 남자는 고래 속에서 산으로 갔다.

죽을 수 없는 이유가 그림 속에 던져진 붉은 고깃덩어리처럼

눈이 내린, 눈만 내리게 하는

그녀의 눈,

아침이 녹는다 밤새 더럽혀진 눈이 녹인다 녹는다는 것은 검은 것의 미아, 하얀 것은 검은 것이 지워버리는 미로, 녹인다는 것은 눈과 눈 사이에 머무는 것이다

아침은 원래 없는 것

억지로 꾸민, 놀이에 불과한 것

거짓 눈이 내리는, 눈이 내리면 새가 울 것 같지 어떻게, 새의 발자국이 눈 위에서

그녀는 녹은 발자국, 검은…… 새의 피가 눈이 되는 앞으로, 앞으로인 것, 새는 벌써 가고 없어 피가 고인, 눈이 내리게 하는 것도 없는…… 찍히네

어른거리는 단지에 불과한 것,

검은 눈에서 눈 냄새가 피어오르는 뜬눈의 아침, 눈망울은 검고 흰자위는 하얗고 눈동자는 검은 건반아래 깔린 하얀 건반의 졸음으로, 눈이 내리고

"크녀, 나의 꿈이 단칸, 옥답 위에 하늘, 하늘거리다 꽃잎, 지는 것은 지는 것이지, 뭣 때문에, 여기, 고흐의 붕대, 귀, 깨진 안경 …… 세 번의 유산(버리다) …… 프리다(칼로)……"

그러므로 비운 크녀는 "O"o"'눈이 오네, 스르르

눈이 오는, 밤새 까맣게 자란 새의 발가락 사이에 그림자가 가고 오는 거기

빗금 친 길을 흘러간 새의 노래를 새기자, 누구인 듯 눈의 어둠 위에 새는 신발을 벗고 반대로 지나가고

눈이 끝, 눈이 없게 하는

그녀의 세 번, 검은 몸들이 잘려나가다 돌아본다

유월

밭을 갔다. 그 때 감자가 자랐다. 꽃은 끝에 죽어있었고 감자는 길었다. 밭이 바라고 감자는 졸아들고 둥글었다.

밭고랑을 꿈틀거리는 것이 나왔다. 처음 보는 먹을거리였다. 푸른 부분이 도려내고 밥을 먹었다.

밭이 돌아오고 밭을 지나갔다. 하루 종일 걸었다. 땅속에는 무덤이 자랐다. 가슴이 터지고 하늘을 고였다. 크기는 그쳤고 꿈틀거리는 것을 돌아갔다.

감자는 시들었고 꽃에 졸았다. 유월은 뜨거워 시렸고 차분 하게 미쳤다. 감자만 먹고 먹히고 울었다.

선인장여관 옆으로

골목이 용서하지 않는 날에는 달력이 무겁다. 실지렁이가 기는 골목이 하늘 쪽으로 펴져있다. 기억을 상실한 전봇대가 비릿한 언어를 타고 구부정 오르는 밤, 고양이의 동공을 째고나온 눈치의 다발, 불빛에 몰린 잠이 걷는다. 걷다가 남은 잠은 일어설 때마다 수평으로 기운다. 빛을 거부한 눈동자에서 안구가 쓰러진다. 안구가 너덜거린다. 서있을 때에는 제각기 먹는 사람이 된다. 밤은 손의 등을 향하여 유동적이어서 멀다. 눈썹의 그림자가 조절되는 기계음에 걸려 넘어지는 날이 는다. 아침을 목숨처럼 버린 저녁이 잡아당긴다. 접은 문살이 #토라지는 아침, 바퀴의 동력이 나뭇가지에서 내려오다가 부러진다. 땅이 움푹 파이고 하늘은 자살, 그림자를 밟고 나무위로 올라간다. 사람들의 목은 밤중에 창문에 걸려 돌아오지 않았다. 걸린 목에서 우는 아이의 소리가 나는 사람만 다시 창문을 닫고 살아난다. 비탈진 구석에서 젖은 물줄기가 여관을 치고 지나간다. 뒷다리가 멍든 여관은 자라다 멈춘다. 요금을 조정하라는 명령이 이따금 발톱에서 어른거린다. 골목은 중심을 잡지 못한다. 퇴폐한 여관의 창문이 오그라든 사람들의 골목을 딛고 넘어간다. 낮이 용서를 구하지만 아침은 밝아오지 않는다.

시와 c

넘겨받았어? 뭐, 그게 뭔데? 그거 있잖아. B와 d사이에 있는 거. 히히. 이제 알겠어? 아니 몰라. 그냥 웃는 거야. 그럼 왜 웃어? 뭔지도 모르면서. 그럼 넌 알아? 알고 있어. 아니 나도 잘 몰라. 모르면서 왜 아는 것처럼 물어봐? 싱거운 놈. 난 집에 갈래. 바빠. 그럼 잘 가. 내일 다 · 시, 봐.

b와 D사이에 뭐가 있지?
다 · 시, c 또는 C, 시詩인 줄 알고 있지.

너 같은 나, cC.

오메가

벗으로부터 부고가 왔다.
본인 사망.

이 · 하 · 빈 · 칸

며칠이 지났는데도 휴대폰은 계속 통화 중이었다.

까똑

내 영혼의 간장치맥

와 뭐 또 사고 쳤나 한동안 조용하드라 캤어
갑자기 와 그카노

아무것도 아이다 그냥 해본 기라

그냥 와

그냥이라니까

무슨 귀신 씨나락 까먹는 소리 지끼는지 모르겠네 얼른 말해
봐라 이 우라질 인간아 속 터져 죽겠네

아무것도 아이라니까

마 숨 넘어 가네

내 영혼의 프로방스, 쪽쪽

뭔 사고 쳤는데 아침 묵은 기 잘못됐나 일은 안 하고 쓰잘 데
없는 짓 하지마라 이 육실할 인간아

까똑
까똑
까까까 까또 까똑까똑, 퍼, 슬, 는, 소, 르, 토, 목 잘린

진주성이 함락되기 전에 열릴 유등축제

1. 흐끄므레하다

경계가 허문다. 강에 유등이 떠간다. 주의기朱義妓의 적삼이 탱탱. 강이 타오른다. 사람들이 소를 몰고 강을 건넌다. 가슴 없는 사람도 건넌다. 싸움장이 가까워 오고 있다. 밤의 신들이 우후죽순 몸을 푼다. 검은 하늘이 이유 없이 발길질을 한다. 강은 온통 기름, 강은 주름이다. 흐르다 펴지고 접히기도 한다. 밤새도록 기름이 얼룩으로 자란다. 상류에서 내려와 보충되는 형식들이 지배한다. 강 저편에는 아이가 오줌을 발기한다. 종종 목격된다. **"연결되지 않을 권리"** 카카오, 톡이 말한다. 그런 일들을 입술이 조종한다. 물속으로 들어가 나오지 않은 그, 역사의 꼬리를 잡고 기름을 먹는다. 몇 번의 탈출을 시도했지만 나오지 못한다. 돌이 누르고 있다. 비늘 없는 물고기 옆에서, 치맛자락이 물을 쓸고 있다. 밤은 밤이 앓고 빛은 빛의 언저리가 지친다. 사람들이 소리를 자른다. 늘어나는 강물에 돌은 자란다.

2. 푸르뎅뎅하다

곧 **"원더걸스 해체 실시간 검색어 1위"** 전광판이 당나귀를 연다. 싱싱해 진다. 다만 뒤꿈치는 튼 살처럼 울고 있다. 대물림이 서있다. 밤이 밝다. 귀가 하늘로 늘어지고 있었다. 사람들이 중심을 오가는 것이 보인다. 숨찬 사람이 헉헉거리는 것도 보인다. 젖는다. 젖어서 울고 싶다. 울고 있다. 기름이 또 자라고 있다. 부유다. 강물이 컴컴해 지고 우울한 바람이 선다. 학의 날개가 기름에 퍼덕인다. 살아있는 기름이 차갑다. 새가 날아 간다. 유등이 흐른다. 바다가 돌아오다 멈춘다. 달이 권력으로 부터 밀려난다. 밤은 지워지고 있다. 교과서가 낡은 몸으로 뒤 척인다. 불완전한 것들이 완전한 것들로 속이는 가르침이 흐른 다. 가짜 시를 읽는 사람이 바다를 건넌다. 강이 쓰러진다. **"옘 병하네"** 돌아오지 못한다.

해골박각시

고요에 들키지 않으려고 걸었지
검은 그림자를 밟고서

땅이 죽어가는 냄새가 났지 지구의 모서리는 조금도 깎여나
가지 않았어 오늘의 날씨에서 기상캐스터가 손에 쥔 것을 보여
줬는데 그건 뭐지

아마도 신음하는 내 신발의 뒤축이었을까

호수를 물이 지배하는 한 흔들림은 신발사이로 스며들 거야
가득의 일부로 남아있던 사이즈가 작은 신발의 가운데를 지나
는 걸 그림자를 밟고서야 알겠지

어때

무엇이 우리를 움직이게 하는지
뒤축이 아는 것보다도

#더_더

중요한 말들이 걸어가다가 돌아보는 순간
그들은 멈추었지

얼굴 벗겨진 그들이 등 뒤에서 분리된 날개를 고이 접었어

낡은 기호들이 입었던 옷을 모두 버리자 빈 옷걸이에서 그들 이
크기를 멈추고
가면을 벗기면서 밀려난 눈동자가, 텅

빈 점자도서관 앞을 지나던 보육원 버스에서 내리고 있지

거봐, 더 이상 날 곳은 없는 거야

멜랑코리사피엔스

헐

삼각자가 자화상에 분열한다 분도기가 배꼽과 반원 찢어진다,

뷁

돌아버려 콤파스가 허벅지에 뜨거운 술잔을 던진다 알코올이
피를 깨진다 표현이 콜리랑 멜랑거린다 눈이 빨갛게 각혈된다
노을이 선다 오만 원 지폐다 진폐증 코리아가 해골과 에콘 포옹
한다 뭉크 태반이 누드하다 그라 피델 그라 아침이 일어 선다
산이 나르고 하드하다가 드립된다 뒤샹이 변기가

짤

호모 거시기 샘피엔스다 꼬레에 멜랑한 사피엔스가 거시기다
머시기가 거시기로 너테하고 아벨이 짖은 다음 카인으로 콜리
사피엔스 사춘기 찌른다

고찌글라

실레, 깡마른 에드먼드 멜랑 나그네 트럼프한다, 게바라 차-시
리, 동동, 그레샴 사피엔스 악화, 독기 도끼날 내리친 흔적 이

한곳에 모여 양화, 만혁의 '꿈08-2' 처럼

체

오스트랄로 말이 피테쿠스 촛불 불가리스한다

할머니

우리 손주 핵교는 춘천 봉의산 자락 1-1번지에 있제. 여름 철마다 안개 속에서 보일락말락 숨바꼭질허구 놀제. 거그 한번 올라갈라믄 숨이 하늘꺼증 차오르구 고뱅이가 허벌나게 아프제. 그래두 헉헉거리믄서 오르는 아침을 보믄 참말로 장관이제. 뜨거운 맥박소리가 동네방네를 진동해 불고 겁나게 많은 꽃들이 한 줄로 서서 기어오르다 인사를 허믄 산이 빙긋이 웃제.

그래서 난
딱 1학년 1반 첫 번부터
3학년 끝 반 끝 번꺼증만 허벌나게 좋아헐라 허제.

한 멜랑콜리커의 시적 고투

이 성 혁
(문학평론가)

한 멜랑콜리커의 시적 고투

이 성 혁
(문학평론가)

1

2015년 계간 《시와소금》에 시를 발표하기 시작한 이사철 시인은 가히 맹렬하게 시를 쓰고 있는 것으로 보인다. 그는 2015년 10월 첫 번째 시집 『어디꽃피고새우는날만있으랴』를 상재하고 다음해 2016년 11월에 두 번째 시집 『눈의 저쪽』을 상재했다. 2017년 말에 상재될 이 시집 『멜랑콜리사피엔스』는, 등단 3년도 되지 않았음에도 불구하고 벌써 세 번째 시집인 것. 1년에 한 권씩 시집을 내고 있는 것인데, 그만큼 이사철 시인이 자신에게 잠재해 있던 시적인 능력을 폭발적으로 발현하고 있는 중이라고 할 수 있겠다. 이 시집을 읽어본 독자들도 인정하겠지만, 시를 활발하게 써내고 시집을 자주 펴낸다고 해서 그의 시는 범작이나 태작과는 거리가 멀다. 그의 시를 읽어보면 시 쓰기에 상당한 공력이 들어가 있다는 것을 인지할 수 있다.

이사철 시인이 신인임에도 불구하고 범작 없이 다작을 할 수 있는 것은 그가 다른 장르를 통해 예술적 능력을 이미 축적해왔기 때문일 것이다. "동아국제미전 초대작가이기도 한 그는, 사진작가로서 이태리국제사진대전 금상과 영상뉴스 최우수상, 강원도사진대전 우수상 등을 수상하기도 하였다"는 약력을 보면, 그는 지금까지 사진을 통해서 주로 자신의 예술적 잠재력을 펼쳐왔으며 그의 사진 작품은 국제적으로도 높은 평가를 받아왔다는 것을 알 수 있다. 이 시집이 능수능란하게 초현실주의적인 이미지나 다다적인 문장 파괴-시에서 뒤샹이나 르네 마그리트가 직접 언급되기도 한다-를 보여줄 수 있었던 것은, 시인이 시각예술에 천착하면서 쌓아놓은 예술적 능력이 뒷받침되지 않았다면 불가능했을 것이다.

이 시집의 많은 독자들이 시집을 읽으면서 당혹감을 느꼈을 것이다. 방금 언급했듯이 상식을 무시하는 이미지나 의미를 파괴하는 문장들이 많이 등장하기 때문이다. 이러한 방식의 시 쓰기가 낯선 것은 아니다. 근래에는 한국의 적지 않은 젊은 시인들이 이러한 언어 실험을 해왔다. 그렇다고 그러한 파괴적 시 쓰기를 유행이라고만 치부해버릴 수는 없다. 서정시도 그렇지만, 존재론적인 시적 고투를 통해 언어실험이 이루어질 때, 그 실험은 문학적 가치를 획득할 수 있다. 언어는 의미를 벗어날 수 없다.

그렇기에 김수영은 '시는 의미를 껴안으면서 무의미에 도달해야 한다.'고 했던 것이다. 그것은 의미에서 벗어날 수 없는 언어의 한계를 넘어서 존재 자체가 되는 시를 의미한다. 이러한 시에 도달하기 위해서는 시적 고투가 필요한데, 그 고투는 의미의 세계 속에서의 고투이다. 의미의 세계는 우리가 살아나가는 산문적인 세계 속에서 이루어지는 각종의 삶과 죽음, 슬픔과 기쁨, 고통과 희열 등에 따라 형성된다. 시는 의미의 세계를 회피하는 것이 아니라 고통스럽게 대면하고 대결하면서 형성된다. 그럼으로써 존재로서의 시에 도달할 수 있는 것이다. 이를 존재론적인 시적 고투라고 한다면, 실험은 이러한 고투를 바탕으로 행해져야 일시적인 것에 그치지 않고 지속적인 문학적 가치를 가질 수 있다. 이상의 시가 그 모범적인 예다.

이사철 시인의 시를 읽으면서 그의 언어실험 역시 시적 고투를 통해 이루어지고 있어서 어떤 묵직함을 느낄 수 있었다. 그가 행하는 언어의 실험적 파괴는 시적 고투 과정에서 이루어진 것이다. 그는 죽음과 마주하고 싸우면서 전위적인 시의 표현을 형성해나간다. 이 시집 첫머리에 실린 시를 다시 읽어보자.

컵이 자라는 순간 물은 두꺼워진다. 컵이 자라다 둥글게 두꺼워진다. 한 번도 가보지 않은 두 갈래 길은 어둡다. 컵에서 투명하다는 것은 조작된 우리의 다른 한쪽이다. 우리는 뒤틀린 손으로 컵을 아래로부터 자라게 하고 있다. 컵이 들리고 컵을 싸고 있던 공기가 넘어지는 자리가 햇볕에 탄다. 타는 것은 남은 한쪽이 거짓말을 하는 것이다. 컵이 씻어낸 항문이 열려서 발을 말리고 있다. 불이 얼고 목구멍에서 비릿한 죽음이 떠다닌다. 불씨가 아래로 솟구치는 컵이 존재하는 한 컵은 물 없이 자란다. 물도 몸 밖에서 컵 없이 씻지 않은 채로 자란다. ……따위의 벽은 두껍고 어둡다.

– 『9호실의 벽』 전문

우리의 언어활동은 습관을 통해 코드화되어 있다. 이러한 코드가 없다면 물론 의사소통은 불가능하다. 하지만 언어는 인위적으로 형성된 것이기 때문에, 자동적인 연상을 통해 작동하는 코드에서 벗어나 말의 새로운 가능성을 찾아보는 실험이 가능하다. 위의 시는 주어가 명사일 때 그 주어의 속성으로 술어를 만드는 습성으로부터 벗어나서, 그 명사 주어에 엉뚱한 술어를 붙여 새로운 감각을 부여하는 식으로 언어실험을 행한다. 시의 첫 문장부터가 그렇다 컵이 자란다거나 물이 두꺼워진다니, 우리의 상식을 벗어나는 진술인 것이다. 그것은 주어의 속성과 전혀 관련 없어 보이는 술어를 붙였기 때문이다. 하지만 물이 두꺼워진다는 시적 진술은 물에 새로운 감각을 부여하고 물에 대한 새로운 사유로 우리를 이끈다. 이러한 방식의 엉뚱한 '주어-술어' 결합이 점점 더 도가 높아지면서 전개되는 위의 시를 일일이 해석하다보면 너무 많은 지면이 허비될 터, 여기서는 이사철 시의 전형적인 특징을 보여주는 한 예로서 이 시를 다시 읽어보는 것으로 만족해야 할 것만 같다.

그러나 이사철 시인의 세계 인식을 보여주는 문구를 잠깐 언급해두고는 싶다. 가령, 컵의 투명함에서 "조작된 우리의 다른 한쪽"을 보는 구절이나 "불이 얼고 목구멍에서 비릿한 죽음이 떠다닌다"라는 문장은 시인의 세계인식을 보여준다. 우리가 투명한 유리를 통해 어떤 풍경을 본다면, 그 풍경을 실제 그대로 본다고 착각하곤 한다. 하지만 그 풍경은 유리라는 매체에 의해 변형된 장면을 보여줄 수 있는 것이다. 그래서 투명함이 "조작된 우리의 다른 한쪽"이라는 진술이 이해된다. 언어가 바로 그러한 매체다. 우리가 습관적으로 사용하는 언어는 사물과 사태를 투명하게 전달한다고 우리는 착각하는 것이다. 하지만 언어는 사물과 사태를 변형하고 조작하여 재현한다. 이사철 시인이 코드화된 언어를 파괴하면서 언어에 새로운 가능성을 부여하는 실험을 하는 것- '컵=언어'를 "아래로부터 자라게 하"는 것-은 언어에 대한 이러한 인식을 바탕으로 하고 있다.

시를 구체적으로 읽어보자. 컵이 아래로부터 자라면서 "컵이 들리고", 공기가 넘어가며, 그 자리가 햇볕에 탄다. 그 "타는 것은" 투명한 쪽이 아닌 "남은 한쪽"으로, 그 한쪽이 탄다는 것은, 시에 따르면 그 한쪽이 "거짓말을 하는 것"을 의미한다.(하지만 이 부분은 명료하게 진술되어 있지 않다.) 그렇게 불타면서 발하는 '거짓말'이 바로 시 쓰기를 의미하는 것 아닐까? 언어는 불탄다…. 하지만 그 불타는 언어 역시 얼어버리는데, 그 얼어버린 언어란 소통을 위해 조작되는 언어를 의미한다고 할 수 있다. 불타는 언어는 사용되기 위해 얼어버림으로써 죽음을 맞이하고, 그래서 우리의 언어에는 "비릿한 죽음이 떠다"니게 되는 것이다. 그러나 시인은 이 언어의 죽음과 대결하고자 한다. 그는 "불씨가 아래로 솟구치는", 즉 불타 '내리는' 언어가 "존재하는 한 컵은 물 없이 자"랄 수 있다고 믿는다. 컵 속에서 두꺼워지는 '물'이란 언어의 의미를 뜻한다고 본다면, 의미가 두꺼워지면서 '언어=컵'도 "둥글게 두꺼워"진다고 하겠다. 하지만 '불타는 언어=시'는 '의미=물' 없이 자랄 수 있으며, 이때 '의미=물'도 "몸 밖에서 컵 없이 씻지 않은 채로", 즉 언어에 의해 순화되지 않고 자랄 수 있다.

억지로 해석한 느낌이 들지만, 그래도 위에서와 같이 「9호실의 벽」을 읽어보면, 이 시는 언어와 존재의 관계, 그리고 언어의 의미와 무의미에 대한 이사철 시인의 전복적인 사유를 보여주고 있다고 하겠다. 또한 이사철 시인의 언어실험적인 시 쓰기가 무엇을 향하고 있는지 보여주고 있다고도 말할 수 있겠다. 이 시인에게 있어 언어를 불태우는 시 쓰기란 의미를 언어로부터, 반대로 언어를 의미로부터 해방하는 일이며, 그것은 언어의 비릿한 죽음과 맞서는 일이라는 것을 말한다.

2

　이사철 시인은 「詩」에서, "춤추듯 물 흐르듯 내 언어가 아닌
울타리 밖의 이상한 말들을 쏘아올리고 싶"다면서 시 쓰기에
대한 자신의 열망을 다소 직접적으로 표명한다. 이어 그는 그
쏘아올린 말들이 "별의 뺨을 타고 오르는 카멜레온도 되고, 피
에로도 되고, 거기서 운행하는 588번 버스를 타고 야동휴게소
에 들렀다가, 대밭촌을 지나가봤으면 좋겠"다고도 말하고 있
다. 시인이 쏘아올리고 싶다는 "울타리 밖의 이상한 말"이란
시의 말을 의미할 것이다. 하여, 이사철 시인에게 시의 말은 자
신의 "언어가 아"니다. 그에 따르면 시란 말을 "춤추듯 물 흐
르듯" 자유롭게 해방시키는 것, 그래서 누구의 소유로부터 벗
어난 말일 테니 말이다. 시인은 이 자유로운 시의 말이 우주선
처럼 하늘로 쏘아 올려져 "별의 뺨"에까지 닿기를 원한다. 별이
란 시인의 마음속에 있는 반짝이는 이상을 의미할까? 아무튼
시의 말은 그 반짝이는 별의 뺨에 닿아서 카멜레온이나 피에로
로 변신할 수 있기를 시인은 희망한다.
　요컨대 이사철 시인은 자신의 시가 언어를 탈코드화하면서
각양각색으로 변신할 수 있기를 바라면서도, 자연과 만나 그

낭만적 순수성을 지닐 수 있기를 바란다. 하지만 적어도 이 시집에서는 탈코드화가 부각되며, 낭만주의와 근접하는 시는 거의 없다. 그 이유는 그의 시가 주로 인간의 고통에 바탕을 두고 써지고 있기 때문이다.

지난밤 나는 떤다. S석에 강한 바람을 분다. 나무에서 일제히 창끝을 쏟아진다. 하나 같이 한곳이 바라보고 쏟아진다. 어렵게 마련한 자리. 창끝는 안개를 집어삼킨다. 나의 갇혀버렸고, 사정없게 찔리기도 한다. 나를 아프다고 말할 수 없다. 나를 피해자라고 외칠 수 없다. 땅바닥을 창끝들이 수북이 쌓인다. 무서워, 밟을 수 없다. 밤이 깊어갈수록 창끝을 우글거린다. 모두 불빛 쪽으로 뻗으면서 지그, 지그, 지그을 외치고 있다.

－「떼창」 전문

언어의 탈코드화 정도가 매우 높은 편이다. 그런데 위의 시가 보여주고 있는 문법의 파괴는 서정적 주체의 고통과 긴밀한 관련을 갖고 있다는 점에 주목된다. 주체의 고통을 언어로 온전히 표현한다는 것은 불가능하다. 그 고통은 문법을 온전히 지키면서 표현될 수는 없는 것이다. 위의 시에서 서정적 주체는 무척 고통스러운 상황에 놓여 있다. '나'는 갇혀 버렸고 떨고 있으며 "안개를 집어삼"키는 '창끝'에 "사정없게 찔리"고 있다. 그러나 더욱 무서운 일은 자신이 "아프다고 말할 수 없"

으며 "피해자라고 외칠 수 없다"는 데 있다. 반면 '내'가 발을 딛고 서 있을 '땅바닥'에는 "밤이 깊어갈수록" "지그, 지그, 지그을 외치고 있"는 것들이 "창끝을 우글거"리고 있는 것이다. 하지만 '나'는 그 '지그'거리는 무서운 것들을 "밟을 수 없"는 처지다. 그 '지그'거리는 것들은 시인의 마음 밑바닥을 기어가면서 '나'를 공포에 사로잡히게 만드는 무엇, 무의식에 자리잡은 트라우마와 같은 것이라고 할 수 있을 것이다.

방금 이 글을 쓰면서 「떼창」을 구성하는 비문들의 조각들을 가져와 문법에 맞게 재구성했지만, 보다시피 온통 비문으로 되어 있다. 물론 이는 의도적인 것일 텐데, 비문들이 공포에 떨고 있는 자의 실제 상황을 더 적실하게 드러낼 수 있는 것이다. 공포와 고통에 사로잡힌 이는 문법에 맞춰 말할 수 없기 때문에. 고통스러워하는 자는 의미를 전달하고자 하는 것이 아니라 고통을 표현하기 위해서 말을 한다. 이사철 시인이 문법을 탈코드화하고 한국어 문장을 파괴하는 시를 실험하는 것은 공포와 고통을 더 적실하게 표현하기 위해서라는 것을 알려준다. 이에 시인의 탈코드화 실험이 더욱 과격하게 이루어지고 있는 아래의 표제시를 읽어보도록 하자. 이 시에서 한국어 문장은 '해체-재조립'되고 있다.

밝

돌아버려 콤파스가 허벅지에 뜨거운 술잔을 던진다 알코올이 피

를 깨진다 표현이 콜리랑 멜랑거린다 눈이 빨갛게 각혈된다 노
을이 선다 오만 원 지폐다 진폐증 코리아가 해골과 에콘 포옹한
다 뭉크 태반이 누드하다 그라 피델 그라 아침이 일어선다 산이
나르고 하드하다가 드립된다 뒤샹이 변기가

짤

호모 거시기 샘피엔스다 꼬레에 멜랑한 사피엔스가 거시기다 머
시기가 거시기로 너테하고 아벨이 짖은 다음 카인으로 콜리사피
엔스 사춘기 찌른다

– 「멜랑**코리**사피엔스」 중간 부분

위의 시를 문장들은 말의 파편들, 말의 쓰레기들을 계통 없
이 집적해놓은 것이어서 '주어–술어'를 기본적으로 요구하는
문장이 될 수도 없다고 말할 수 있을 정도다. "뭉크 태반이 누
드하다 그라 피델 그라 아침이 일어선다 산이 나르고 하드하
다가 드립된다"라는 문장 아닌 문장을 보자. 이는 의미를 전달
하고자 하는 문장이 아니다. 단어들을 모아 조립했을 뿐인 문
장이다. 이러한 '시 쓰기' 방식은, 이 시에 등장하고 있는 '뒤
샹의 변기'가 암시해주고 있듯이 다다이스트의 그것이다. '다
다'의 대표자 트리스탕 짜라는 세상에서 가장 훌륭한 시를 쓰
는 법에 대해 '신문지에 인쇄된 단어들을 오려 모자에 집어넣
고 흔들어라, 그리고 바닥에 뿌려라, 종이 위에 그 단어들을

붙여라, 당신은 세상에서 가장 훌륭한 시를 썼다'라고 말한 바 있다. 하노버 다다이스트 슈비터스는 길거리에 버려진 쓰레기들을 집 안에 가져와서 그것들을 무질서하게 콜라주하여 붙여나갔다. 사진 예술가이기도 한 이사철 시인은 이러한 '다다'의 예술 실천에 대해 잘 알고 있었을 터, 위의 시는 '다다'의 파괴적인 '작법'에 따라 문장뿐만 아니라 단어 자체도 해체하고 파괴하여 그 파편들을 붙여나가는 식으로 써진 것이다.

이사철 시인이 위의 시를 표제작으로 삼은 것은, 그만큼 위의 시가 이 시집의 성격을 드러낸다고 생각했기 때문일 것이다. 위의 시는 이 시집에서 언어의 파괴와 그 파편들의 콜라주를 가장 극단적으로- '다다'적으로-행한 시라고 할 때, 시인은 이 시집이 지니고 있는 전위적인 성격을 부각시키고자 위의 시를 표제작으로 선택한 것으로 보인다. 그런데 다다이스트의 파괴와 실험이 1차 세계대전으로 드러난 서구 문명의 폭력성과 위선성에 대한 과격한 반항이라는 맥락 속에서 이루어진 것이었듯이, 이사철 시인의 '다다'적인 실험 역시 「떼창」에서도 볼 수 있었듯이 마냥 유희적 충동에 따라 이루어진 것만은 아니다. 위의 시는 '호모사피엔스'라는 종, 즉 인류 자체에 대한 시인의 '멜랑콜리'와 언어의 '해체-조립' 작업이 밀접한 관련이 있음을 암시해준다. 게다가 '멜랑콜리'란 단어는 '멜랑'과 '코리-꼬레'로 해체되어 의미 없는 단어가 되어버리는데, 그 의미를 잃어버린 말의 파편들 또한 시인의 우울한 세계 인식을 더

욱 드러내고 있기도 하다.

"아벨이 짖은 다음 카인으로 콜리사피엔스"라는 구절을 보면, 카인의 살인에서부터 인류의 역사가 시작된다는 점이 이사철 시인의 인류에 대한 멜랑콜리한 인식을 가져온 원인 중의 하나인 듯하다. 그래서 그 멜랑콜리는 「떼창」에서 읽었던 공포와 연관되어 있는 것일 텐데, 그 '공포-멜랑콜리'는 비관적인 세계인식을 낳을 것이다. 시인의 비관적인 세계인식은 '새'와 '날개'의 이미지를 통해 볼 수 있다. 시인에 따르면, "새가 푸드덕거리더니 하늘로 날아올랐"(「가엾이 합창」)고 그 후 "새들은 하늘에 뿌리를 심고 내려올 줄 모"(「새들의 ㄷㅂㄱ」)른다. 새들은 하늘로 사라져버리고는 하늘에 뿌리를 박은 채 이 지상의 세계로 다시는 내려오지 않는 것이다. 나아가 "말들이 무성하게 자라는, 새들이 날아가던 하늘"(「새들의 ㄷㅂㄱ」) 자체가 사라져버리고 만다. 하늘로 날아오른 새들을 따라 "아이들도 소리를 지르며 따라나섰"건만, 그 아이들마저 "날개가 타버려 돌아올 수 없"(「가엾이 합창」)다. 그렇게 날개를 가진 새와 그 새를 따라나섰던 아이들 모두 이 세상에 존재할 수 없게 되어 버린 것이다. 날개가 비상할 수 있는 영혼의 능력을 의미한다면, 이제 날 수 있는 영혼은 이 세상에서 사라지고 없다.

그리하여 지상에 남은 "가엾은 것들의 합창은 시작"(「가엾이 합창」)된다. 아래의 시가 말해주듯이, 지상은 이제 "날개 없는 것들이 버겁게 펴"져가면서, "기억은 말라/남은 것은 빨려 들어"가는 세상이 된 것이다.

일어서다 누워버린 물속이 축축하다.

날개 없는 것들이 버겁게 펴진다. 나무가 옷을 벗긴다. 남은 것은
모두 빨려 들어가고 숨소리를 가두었던 감정 하나가 문밖에서
어지럽게 터진다.

기억은 말라
남은 것은 빨려 들어가

신문지의 가운데 갈피에서 쉼표사이를 타고 오르다가 돌고래 표
밥을 먹는다. 아직도 그들은 낮은 숲에서 자라고 있다. 검은 짓
들이 바닥근처를 오간다. 먼저 왔던 흔적들이 발가락 하나를 아
프게 한다.

그들이 젖은 가슴을 헹구고
거짓은 이미 지나가버린 창틀에 누웠다.

붉은 눈금은 늪의 소리를 지우고 키운다. 머리는 두꺼운 그릇 두
꺼운 꿈이 그들을 둘둘 만다. 늪이 생멸하는 순간, 건조한 집과
바닥사이가 깊어진다.

졸던 구름이 누울 수 없어

그들은 날지 못하는 것들, 죽고 있어

부러진 다리가 등 뒤에서 그들을 밀었다. 바닥이 시퍼런 등짝을
돌로 긁었지. 가운데가 내려앉은 집이 또 그들을 버렸어. 그들은
그냥 있을 수 없어 물 같이

고여 있는, 나머지가 떠나간 말로 말한다.
그리고 1과 0한다.

-「바닥이 깊어진다」 전문

위의 시는 이 시집에서 시인의 비관적인 세계인식을 가장 잘
드러낸 시편들 중 하나다. 위의 시에서 '그들'-인류-은 이제
날개를 잃어버린 존재가 되었고, 기억은 말라가고 있다. "남은
것은 모두 빨려 들어가"고, "날지 못하는 것들"인 그들은 "죽
고 있"다. '신문지'가 퍼뜨리는 정보의 세계에서 "거짓은 이미
지나가버린 창틀에 누웠"으며 인류의 머리는 갖가지 정보와 거
짓이 들어차 "두꺼운 그릇"이 되어버렸다. 그들은 늪에 살고
있어서, 늪의 흡입력으로 남은 것은 어딘가로 모두 빨려 들어
간다. 그런데 그 "늪이 생멸하는 순간, 건조한 집과 바닥사이가
깊어"진다고 한다. 늪이 사라져가면서, 그들이 거주하는 '건조
한'(메마르다는 의미와 건축한다는 의미가 중첩되어 있다) 집
과 존재의 밑바닥 사이가 점점 멀어지는 것이다. 그렇게 붕 뜨

게 된 집의 "가운데가 내려 앉"자, "부러진 다리가 등 뒤에서 그들을 밀"어버린다. 그렇게 집은 "그들을 버"리고, 집을 잃어 버리고 바닥에 내동댕이쳐진 그들은 "물 같이//고여 있는, 나머 지"로 존재하게 된다. 그들은 "떠나간 말로 말"하는데, 그 말이 란 디지털 언어('1과 0')다.

위의 시를 이렇게 읽어보았지만, 위의 시 역시 이 시집의 다 른 시와 마찬가지로 역시 단일한 해석을 불허한다. 하지만 이 사철 시인의 멜랑콜리는 묵시론적인 세계인식과 관련되어 있 음을 위의 시가 보여주고 있음은 분명하다. 그에게 세계는 파 괴된 것으로 현상하며, 그는 그 파괴된 세계의 파편들을 응시 한다.(발터 벤야민은 파괴된 세계의 파편들을 응시하는 사람이 바로 '멜랑콜리커(Melancholiker)'라고 정의한 바 있다.) 그의 실험적인 시작詩作은 멜랑콜리한 세계인식과 응시에 따라 이루 어진 것이다. 그의 시가 언어를 파괴하면서 그 파편들을 콜라 주하며 작성되고 있는 것은 이 때문이다. 즉 그의 시는 파괴된 세계에 조응하면서 형성된 것이다.

3

'호모 멜랑콜리 사피엔스', 이 우울한 인류의 한 사람인 이 사철 시인에게 세계는 어떻게 현상할까? 이 시집에는 '멜랑콜리커'가 세계를 배회하면서 파괴된 세계의 풍경을 기록하고 이에 대한 주체의 감응을 갖가지 이미지를 통해 묘사한 시들이 적지 않다. 아래의 시를 그 한 예로 들 수 있을 듯하다. 아래의 시는 앞에서 보았던 '다다'적인 문장 파괴보다는 어떤 풍경을 "울렁증에 걸린 산이 비틀거릴 때마다 바람의 키가 조금씩 줄어든다"는 식의 대담한 이미지를 통해 묘사하면서 전개된다.

주걱이 다 헤지도록 말가죽에게 갉아 먹혀 땅이 스륵스륵 잘린 다리를 끌고 간다. 울렁증에 걸린 산이 비틀거릴 때마다 바람의 키가 조금씩 줄어든다. 어디서 본 듯한 얼굴 속에 까맣게 달아난 추억의 그림자가 벌레시신의 무릎을 베고 누워있다. 나무가 염전에서 가져온 푸른 소리를 자루에서 꺼내 날려 보낸다. 외투도 입지 않고 민소매만 입은 여름달이 어설픈 몸짓을 하면서 기운을 지우는 모습도 있다. 어젯밤 동네 어디에서 이루어졌던 더운 공기 속 불륜 같아 조금은 서먹하게 느껴지는 움직임들, 그것들의 서글픈 눈동자, 다시 씹어보고 싶지 않은 냄새가 목젖의 사타구니에서 출렁거린다.

- 「마각 흐르다」 전문

이 시에서 풍경을 보고 있는 이는 "땅이 스륵스륵 잘린 다리를 끌고" 가는 이다. 주어가 생략되어 있는 것을 보면 그는 아마 화자인 '나'를 가리킬 터, '나'는 다리 잘린 몸을 이끌고 이 세상을 배회하고 있는 중이다. 이때 '나'의 눈에 보이는 풍경을 구성하고 있는 사물들이 모두 의인화된다는 점이 특정적이다. 그 사물들은 '스륵스륵' 몸을 끌고 다니는 '나'와 공명하듯이, 산은 비틀거리고 나무는 푸른 소리를 날려 보내며 여름 달은 민소매만 입고 어설픈 몸짓을 하고 있는 것이다. 이 풍경의 모든 움직임들에 대해 시인은 "더운 공기 속 불륜같이 조금은 서먹하게 느껴"진다고 말하지만, 울렁거리고 푸른 소리를 내며 기운을 지우는 이 서먹한 존재자들은 "서글픈 눈동자"로 '나'를 바라보고 있다. 그런데 저 존재자들의 응시 아래에서 '나'의 "목젖의 사타구니에서"는 "다시 씹어보고 싶지 않는 냄새가" 출렁거린다. 그 냄새란 기억의 시취 아니겠는가. 추억의 그림자가 "벌레시신의 무릎을 베고 누워있"다니 말이다. 시인에게 추억은 예전에 "까맣게 달아"나서 죽은 듯이 사라져버렸지만, '나'를 응시하는 풍경 속에서 '내' 앞에 그림자로 되살아나 현재의 시공간에 시취를 풍기며 재등장한다.

이사철 시인에게 풍경은 위의 시에서 볼 수 있듯이 어딘가 퇴폐적이면서도 슬픈 모습으로 현상하는데, 그 풍경은 망각 속으로 밀어놓았던 기억을 불러일으키면서 그의 몸속으로 깊이 스며들어 출렁인다. 그렇게 이사철 시인에게 시는 뒤틀린 풍경들을 따라 써지는 무엇이 될 것이다. 아니, 풍경이 주체가 되어 시의 말들을 이끌기도 할 터, 이 시인에게 시는 다음과 같이 써지기도 한다.

한 차례 바람이 분 다음 망각의 혀가 물고기 비늘만큼 기도 쪽으로 말려든다. 뭉툭한 돌기가 말린 자리에 가시들이 날을 세워 일어서고. 장미넝쿨이 손을 길게 뻗어 피부에 닿자마자, 가시에 가슴을 베인 어느 시인의 심장처럼. 유록의 바다가 지워진 그림자를 툭, 툭 친다. 어디론가 끌려가고 있는 말들. 머리맡에 걸린 벽시계가 종을 세 번 치자 연보라색 장미들이 장엄하게 피어나고, 천사가 흰 장갑을 끼고 들어온다. 마침표를 꾹 누르는 순간, 다음 정차역이 전광판에서 눈을 감는다.

-「막차」전문

"한 차례바람"이 "기도 쪽으로" 망각을 끌어당기자 지워졌던 그림자가, 어떤 말들을 통해 떠오르기 시작한다. 그 과정은 고통을 수반한다. 그 말들은 "뭉툭한 돌기가 말린 자리에 가시들이 날을 세워 일어서"면서 망각의 혀를 뚫고 떠오르는 것, 장미 가시에 "가슴이 베인 어느 시인의 심장"처럼 고통스러운 마음으로부터 발설되는 것이다. 가시에 심장이 뚫리는 어떤 격심한 고통이 "지워진 그림자를 툭, 툭" 치자, 말들은 "어디론가 끌려"가기 시작한다. 그 말들은 무엇에 의해 끌려가는가? "연보라색 장미들이 장엄하게 피어"나는 세계 안으로 "흰 장갑을 끼고" 들어오는 '천사'에 의해서다. 천사의 등장과 함께 시인은 시의 "마침표를 꾹 누"른다. 그 순간 "다음 정차역이 전광판에서 눈을 감"으면서, 시는 막차처럼 그 운행을 중단한다.

이렇게 읽어보면 위의 시는 시 쓰는 과정 자체를 묘사하고 있다고 할 수 있다. 그의 시는 어떤 계기로 인해 가슴을 베이는 고통 속에서 망각이 찢어지고 "지워진 그림자"가 깨어나면서 시작된다. 그렇게 시작한 시 쓰기는 천사가 펼쳐낸 장엄한 풍경에 이끌리다가 시 안으로 천사가 들어오면서 마침표를 찍는다.(위의 시의 열쇠가 되고 있는 '가시'나 '장미', '천사'와 같은 시어들은 위의 시가 릴케의 시와 상호텍스트적인 관계를 갖고 있음을 암시해준다.) 그래서 시인을 이끄는 그림자는 시 쓰기의 엔진과 같은 역할을 한다고 할 것이다.

이 시집의 몇몇 시편들은 시인의 시 쓰기가 그림자를 뒤쫓으면서 시작된다는 것을 진술하고 있다. 「청운동쪽으로」는 "겨울비가 내렸다. 그림자가 긴 밤거리를 걸었다. 누런 불빛들이 나를 에워쌌다."라는 짤막한 문장으로 시작되고 있으며 「해골박각시」는 "고요에 들키지 않으려고 걸었지/"검은 그림자를 밟고서"라면서 시가 시작된다. 그런데 이 시에서 '검은 그림자'는 죽음의 이미지를 끌어온다. 시의 화자가 밟고 있는 그림자에서 "땅이 죽어가는 냄새가 났"다는 것, 하여 시의 제목에서도 나타나 있듯이 이 시는 죽음을 둘러싸고 전개된다. "중요한 말들이 걸어가다가 돌아보는 순간" "얼굴 벗겨진 그들이 등 뒤에서 분리된 날개를 고이 접"고 있는 모습도 그러한 죽음의 이미지다.(날개를 포기해버리고 있는, 얼굴이 벗겨져버린 그들은 죽음을 살고 있는 현 인류를 상징적으로 보여준다)

그리하여 이사철 시인의 시의 말들은 죽음이 드러나는 저 음산한 풍경들을 걸으면서 기록된다. 그 기록이 바로 그의 시가 될 것인데, 다소 잔혹할 정도로 죽음의 이미지가 펼쳐지고 있는 아래의 시는 이 시집에서 가장 음산한 풍경을 보여주고 있다.

골목이 용서하지 않는 날에는 달력이 무겁다. 실지렁이가 기는 골목이 하늘 쪽으로 펴져있다. 기억을 상실한 전봇대가 비릿한 언어를 타고 구부정 오르는 밤, 고양이의 동공을 째고나온 눈치의 다발, 불빛에 몰린 잠이 걷는다. 걷다가 남은 잠은 일어설 때마다 수평으로 기운다. 빛을 거부한 눈동자에서 안구가 쓰러진다. 안구가 너덜거린다. 서있을 때에는 제각기 먹는 사람이 된다. 밤은 손의 등을 향하여 유동적이어서 멀다. 눈썹의 그림자가 조절되는 기계음에 걸려 넘어지는 날이 는다. 아침을 목숨처럼 버린 저녁이 잡아당긴다. 접은 문살이 #토라지는 아침, 바퀴의 동력이 나뭇가지에서 내려오다가 부러진다. 땅이 움푹 파이고 하늘은 자살, 그림자를 밟고 나무위로 올라간다. 사람들의 목은 밤중에 창문에 걸려 돌아오지 않았다. 걸린 목에서 우는 아이의 소리가 나는 사람만 다시 창문을 닫고 살아난다. 비탈진 구석에서 젖은 물줄기가 여관을 치고 지나간다. 뒷다리가 멍든 여관은 자라다 멈춘다. 요금을 조정하라는 명령이 이따금 발톱에서 어른거린다. 골목은 중심을 잡지 못한다. 퇴폐한 여관의 창문이 오그라든 사람들의 골목을 딛고 넘어간다. 낮이 용서를 구하지만 아침은 밝아오지 않는다.

- 「선인장여관 옆으로」 전문

"퇴폐한 여관"이 자리 잡고 있는 어떤 골목, 시인은 그 "골목이 용서하지 않는 날"의 밤에 전개되는 환몽적인 이미지들을 시에 펼쳐놓는다. 그 이미지들의 전개가 시작되는 것은 망각한 기억의 귀환과 관련되어 있다. 그래서 저 골목은 시인 내면의 공간을 보여주는 것이기도 한 것이다. 그렇다고 그 내면 공간이 시인이 처해 있는 외부 세계와 무관한 것은 아니다. 저 공간이 철저히 골목의 공간을 채우는 사물들—전봇대, 불빛, 여관, 여관의 창문 등—의 환몽적인 이미지들에 의해 표현되는 것을 보면 그렇다. 이를 보면 외부 세계의 어떤 이미지들이 시인의 내면공간에 각인되면서 시인의 환몽이 형성된 것으로 보아야 한다. 즉 저 죽음과 연관된 음산한 이미지들은 시인의 내면공간을 드러내는 동시에 우리가 살고 있는 세계의 이면을 비추어내기도 하는 것이다.

이 시에서 전개되는 환몽적인 이미지들은, "기억을 상실한 전봇대가 비릿한 언어를 타고 구부정 오르는 밤"이 골목에 깔리면서 시작된다. 이 문장을 풀어 말한다면, 무의식으로 밀려난 기억들이 비릿한 언어를 통해 무의식으로부터 풀려나오는 밤이라고 말할 수 있겠다. 즉 이 밤에는 시인의 내면에 무의식에 있던 말들이 "구부정 오르"기 시작하면서 시인의 시를 형성하게 될 터인데, 마치 "불빛에 몰린 잠이" 몽유병 환자처럼 걸어다니듯이 그 말들은 골목을 걷게 되는 것이다. 그 말들은 잠처럼 빛을 거부하고, 말들의 눈동자는 "안구가 쓰러"져 "너덜거"

리게 된다. 너덜거리는 눈에 비치는 이 골목은 죽음이 점령한 세계로 현상한다. 이 세계에서는 "아침을 목숨처럼 버린 저녁이 잡아당"기고 있으며, "땅이 움푹 파이고 하늘은 자살"하고 있는 것이다.

시인에 따르면, 이 죽음의 골목에서는 "사람들의 목은 밤중에 창문에 걸려 돌아오지 않았"고 그 "잘린 목에서 우는 아이의 소리가 나는 사람만 다시 창문을 닫고 살아난다"고 한다. 여관은 바로 그 창문이 달린 장소일 것이다. 여관은 바로 삶이란 길을 걸어가고 있는 우리가 잠시 머물다 갈 거주지를 상징할 터인데, 저 죽음의 밤에 여관 창문을 열어 밖을 내다 본 사람은 목이 잘려 죽게 된다. 하지만 아이를 목 안에 품고 있는 이들은 창문을 닫고 겨우 살아날 수 있다는 것, 그 사람은 어쩌면 아이의 울음을 낼 수 있었기에 살아날 수 있었을 것이다. '아이'는 울 수 있는 능력–감성의 능력–을 가진 존재다. 그렇다면 이 울 수 있는 감성이 저 죽음의 시공간에서 겨우 죽음으로부터 벗어나게 해준다고 하겠다. 그렇다고 하더라도 이 "퇴폐한 여관의 창문이 오그라든 사람들의 골목을 딛고 넘어"서면서, 사람들의 목이 걸릴 창문은 저 골목을 넘어 다른 곳으로도 확산될 것이다. 이 죽음의 위력 앞에서 "낮이 용서를 구하지만" 이미 때는 늦었다. 죽음의 밤은 영원히 지속되며 이제 "아침은 밝아오지 않"는다.

위의 시는 우울하고 묵시론적인 세계인식을, 공포를 불러일

으킬 정도로 강렬한 이미지들을 동원하여 강력하게 전개한다. 「낯익고 낯선」 이라는 시를 보면, 이사철 시인에게 "세상 모든 것은 낡고 저"문 것으로 현상하며, 그러한 세상 속에서 "검은 그림자는 울고, 서쪽 하늘은 붉게 비틀거리고, 전화선은 꺾여 꼬이고, 소리는 휘청거리고, 나사는 풀려" 힘이 없다. 울고, 비틀거리고, 꼬이고, 휘청거리고, 풀리고, 힘없고, 그래서 낡고 저물고 있는 것이 이사철 시인의 시가 보여주는 이 세계의 모습이다. 세계의 이러한 모습은 결코 명확하게 드러나는 것이 아니며, 그래서 명확히 써낼 수도 없다.(그래서 시인이 시를 쓰기 위해서는 이 세계를 배회할 수밖에 없다.) 「에먼」에 따르면, 시인이 사용하고 있는 연필은 "닳히고 부러"져 "뿌리가 끊어"져버렸고, 지우개는 "내가 보내준 것들을 이미 다 지우고 있"다고 한다. 그러나 그에게 "말끔히 지워지지 않는 것이 희미하게 보"이는 무엇이 있긴 있기에 뿌리 끊어진 연필로라도 시를 쓸 수 있는 것인데, 그 희미한 무엇은 "사람이 떨어지고 있"는 모습이다. 이렇게 이사철 시인은 죽음으로 추락하고 있는 장면만을 시화詩化할 수 있게 되어버린 것이다.

4

우리는 이사철 시인의 시를 따라 제법 긴 길을 걸어왔다. 이제 글을 마무리 할 자리에서, "과연 이사철 시인은 묵시적인 비전만을 갖게 된 것일까?"라는 질문을 던져볼 수 있다. 이 질문에 대한 답은 독자에게 맡기고 싶다. 다른 독법이 있을 수 있기 때문이다. 다만, 시인이 「청운동쪽으로」라는 시에서 "온통 레인으로 덮였고 누런 불빛이 깔렸"던 '거리'에서 "레인을 헤치고 나가는 기술은 없을까 생각하면서 걸었다"라고 말하고 있다는 것을 언급해두고 싶다. 비록 "레인의 힘은 점점 단단해졌고 나는 등줄기 아래쪽부터 무너져 내렸"지만 "나는 높은 체온을 버리고 겨울비를 막아냈다"는 것이다. 이를 보면, 시인은 저 '레인'과 '누런 불빛'으로 상징되는 죽음의 세계를 소극적으로 받아들이기만 한 것은 아니라는 것을 알 수 있다. 그 진술에 따르면, 그는 자신의 체온을 버리면서까지 '레인'을 맞으면서 '겨울비'를 막아내고자 했다. 즉 비를 맞으며 그 비를 막아내는 일, 그것이 시인이 암울한 방법으로 저 암울한 세계를 그려내고자 하는 시 쓰기의 목적이었던 것이다. 그에게 시 쓰기는 "레인을 헤치고 나가는 기술"을 찾기 위해 '레인'을 몸으로 받아내는 적극적인 작업이었다. 이 시집에서는 그러한 '기술'을 확실히 찾아내고 있지는 못하는 것 같지만 말이다.

시인이 「갇힌 돌」에서 한 말, "겨우내 미동도 없이 갇혀 있다가, 봄이 오면 풀려나려고 해. 희망……. 갇혀 있는 동안 물은 어떤 형식의 울음을 갖고 있는지, 딱딱한 물은 어떻게 버림받았는지 알아보려고 해"라는 말은, 시인이 왜 스스로 죽음의 계절인 겨울 속에 들어가 죽어가는 사람들을 주시했는지 그 의도를 말해준다. 그는 겨울의 얼음 속에서 버림받고 울고 있는 이들의 모습을 알아보고자 했던 것이다. 이를 위해 시인은 '갇힌 돌'처럼 겨울 속에 갇혀 있게 된 것, 그 대가로서 그는 "백설처럼 흰, 백설에 의한 실존"(「백설처럼 흰」)을 살게 될 것이다. 이 백설의 "어둠 속에서" 그는 "빈 껍질처럼 부풀어 오르고, 나는 나의 힘만으로 간절히 바라는 것을 만들 수 없"(같은 시)음을 자각하게 된다. 하지만 이 무력함을 인정할 수밖에 없는 실존의 상황 속에서 시인은 다음과 같이 삶의 길을 찾아내기도 한다.

아침이 녹는다 밤새 더럽혀진 눈이 녹인다 녹는다는 것은 검은 것의 미아, 하얀 것은 검은 것이 지워버리는 미로, 녹인다는 것은 눈과 눈 사이에 머무는 것이다

　　－「죽을 수 없는 이유가 그림 속에 던져진 붉은 고기 덩어리처럼」 부분

'검은 것'(밤)으로 하얀 것(아침)을 녹여버리면서, 즉 하얀 눈이 검게 더럽혀지면서 생겨나는 "눈과 눈 사이"(여기서 '눈'은 설雪의 의미와 목目의 의미가 중첩되어 있다)에 머물며 사는 길이 있다. 검은 것의 미아가 된 눈. 검은 것이 하얀 것을 녹여 지워버리면서 하얀 것 안에는 미로가 생긴다. 이 미로는 더럽혀지는 눈과 지워지는 눈 사이에 생기는 길이다. 이 미로가, 시의 제목을 빌리면 "붉은 고기 덩어리처럼" 처절한 죽음의 밤에도 죽

지 않고 살아갈 수 있는 길을 만들어준다. 시인은 이 미로를 걸어가면서 "그림자가 가고 오는 거기 빗금 친 길을 흘러간 새의 노래를"(위의 시) 새길 수 있는 장소를 찾아낼 수 있다. 하여, 이제 시인의 시 쓰기는 이 미로에서의 방황에 따라 이루어지게 되지 않겠는가? 그런데 "흘러간 새"란 누구를 의미하는가? 아래의 시를 보면 가족이 될 수도 있겠다는 생각이 든다.

순환선이 들어오고
눈동자들이 돌가루처럼 뿌려졌다

빛들이 사라진 골목마다
숨어있던 지시등들이 어둠을 벗어났다

다시 뜨거워지고
그가 우리를 세우고 있는 동안

벌어진 다리사이에서
가족들의 가는 다리가 떨었다

일어나서 멀리 보았다
밝은 곳에서 어두운 곳으로 들어오는

2호선에서 모래들이 자랐다

- 「온데간데」 부분

골목에는 빛들이 사라졌지만, "어둠을 벗어"난 "숨어있던 지시등들이" 있었던 것, 그것은 2호선 순환선을 따라 골목 같은 터널을 지나 역내로 들어오는 지하철 안의 눈동자들로 나타난다. 그 지하철은 어두운 곳에서 밝은 역내로 들어오는 중이지만, 시인은 반대로 "밝은 곳에서 어두운 곳으로 들어오는" 중이라고 말한다. 우리가 사는 이 문명 세계가 어두운 곳이기 때문일까. 아무튼, 시에 따르면, 지하철 2호선에 돌가루처럼 뿌려지는 저 눈동자들은 모래들이 되어 자라난다. 어떻게든 삶은 이어진다. "가족들의 가는 다리"를 통해서 말이다. 그래서 어떤 희망이 있다. 「수풀노랑희롱나비」는 이 시집에서 드물게 시인의 희망을 표명하고 있는 시인데, 그 희망은 저 2호선에서 자라나고 있는 모래와 무관하지 않아 보인다.

나비의 깃털에서 물이 조금씩 자랄 무렵 빈틈은 어렵게 긴 그늘을 들어 올리고 있지 먼데서 달려온 기억들이 먼지처럼 하나씩 풀리면서 강 긴녀 대장간의 망치소리를 놀리고 있지

딱다닥 딱다닥

낫의 날이 서고 호미의 더듬이가 무디거나 누울 준비를 하고 있
는 것 같아
땅은

어제도 오늘도 갇혀있던 어둠을 지우고 있어

우리의 숲에서 저절로 자란 긴장감이 말을 돌려막으면서 중얼거
리고 있지 연기가 갇힌 어둠에는 모양이 다른 비가 또 내리고 있
어, 우´ 우″ 우‴

접힌 날개가 풀잎 뒤에서 천둥소리를 꺾고 있는

- 「수풀노랑희롱나비」 후반부

　앞에서도 본 바에 따르면, 새는 이 세상을 떠나 하늘로 날아
간 후 이 세상으로 다시 돌아오지 않는다. 하지만 위의 시에서
시인은, '나비'로부터 날개가 부활할 가능성을 찾아낸다. 시인
에 따르면 "나비의 깃털에서 물이 조금씩" 자라나고, 그 물은
"긴 그늘을 들어올"리고 있다. 그늘이 걷히면서 '먼데' 있던 기
억들이 풀려 이 세상 속으로 스며들고 있으며, 기억들이 삶에
활력을 불어넣으면서 기억 저편 "강 건너 대장간의 망치소리"-
세상을 만들어내는 노동-가 점점 많이 울리기 시작한다. 기억
들이 스며들고, 대장간에서 만든 낫과 호미로 노동이 되살아

나기 시작하는 땅은, 이제 "어제도 오늘도 갇혀 있던 어둠을 지우고 있"는 중이다. 그리고 "연기가 갇힌 어둠에는 모양이 다른 비가" "우′ 우″ 우‴" 내리게 될 것이다. 어떤 소생이 진행된다. "접힌 날개가" 다시 펴질 듯이, "풀잎 뒤에서 천둥소리를 꺽고 있는" 중이다. 시인은 이렇게 위의 시에서 희망을 담은 새로운 비전을 보여주고 있는데, 그가 희망을 품을 수 있게 된 것은 기억을 되찾으면서 가능해진 것이다. 그 기억이란 「온데간데」에서 엿보았듯이 가족을 통해 이어지는 삶의 힘 아니겠는가. 시인이 '아버지'를 다음과 같이 기억해내고 있는 것을 보면.

……비 오는 날이면 젖은 그림자를 덮고 자는 너를 만나기 위해 이따금 여기 올 때마다 바람은 세차게 불었고, 푸른 하늘이 지워져 검은 시공만 남던 하얀 것들의 불모지. 푸줏간 불빛이 핏물로 뚝뚝 떨어지는 거리, 내일 막이 내려질지도 모르는 것들을 잡히고, 돼지비계로 목구멍의 때를 벗겼던 너의 아버지를 생각해본다.

함박눈이 내린다. 비틀거리는 밤, 하얀 것들의 불모지였던 검은 돌들이 무너져 내리고 있다. 선탄장을 빠져나온 길고양이의 털이 하얗게 빛나고 있다,

막장을 막 돌아서려는 아버지들의 그림자처럼.

– 「막장」 후반부

위의 시에서 '너'는 누구를 의미할까? "젖은 그림자를 덮고 자"곤 했던 젊은 날의 시인 자신 아닐까. 그렇게 읽는다면, 위의 시에서 말을 하고 있는 '나'는 젊은 날의 나를 찾아가서 그 나에게 '너의 아버지', 즉 '나'의 아버지에 대한 기억을 들려주고 있다고 하겠다. '너의 아버지'는 막장에서 "돼지비계로 목구멍의 때를 벗"기면서 노동을 해야 했다. "푸른 하늘이 지워져 검은 시공만 남던 하얀 것들의 불모지"인 그 "푸줏간 불빛이 핏물로 뚝뚝 떨어지는 거리"에서 살아가면서, 아버지는 노동을 통해 '너-나'를 먹여 살리고 자라날 수 있게 했던 것이다. 앞에서 보았듯이 현재의 거리 역시도 '붉은 고기 덩어리'처럼 핏물에 잠겨 있으며 세계는 겨울의 눈으로 덮인 하얀 불모지처럼 존재한다. 바람 역시 세차고 하늘도 지워져 있다. 그야말로 "비틀거리는 밤"의 세계다. 하지만 아버지가 그러한 세계에서 노동으로 삶을 지탱하고 이어나갔던 것처럼, 그 아버지에 대한 기억을 통해 돌처럼 살아가고 있던 시인 역시 삶을 지탱해나가고 변화시킬 힘을 얻는다. 그 기억으로 "아버지들의 그림자들"이 저기 "길고양이의 털"로 "하얗게 빛나"고, "하얀 것들의 불모지였던 검은 돌들이 무너져내리"기 시작한다. 그림자가 된 아버지와 만나면서 시인은 검은 돌에 갇힌 삶으로부터 벗어날 수 있게 된 것이다.

이렇듯 기억, 특히 가족에 대한 기억은 저 묵시의 세계에 변화의 희망을 가져올 비전을 열기 시작한다. 이사철 시인이 어린 시절 들었던 할머니의 말을 기억해내고는, 그 할머니의 말을 옮겨 쓴 시를 이 시집의 마지막에 싣고 있는 것은, 그녀의 말이 시인이 가지게 된 새로운 비전과 밀접하게 관련이 있기 때문일 테다. 할머니가 손주인 시인에게 말해준 말은 이렇다.

…… 그래두 헉헉거리믄서 오르는 아침을 보믄 참말로 장관이제. 뜨거운 맥박소리가 동네방네를 진동해 불고 겁나게 많은 꽃들이 한 줄로 서서 기어오르다 인사를 허믄 산이 빙긋이 웃제.

– 「할머니」 부분

어린 시절 할머니가 말해준 아침의 장관, "뜨거운 맥박소리"로 자신의 생명을 '동네방네' 들려주고 꽃들이 인사를 하면 산이 빙긋이 웃는 저 소박하고 맑은 아침의 장관을 다시 되찾는 것, 위의 시는 그것이 이 실험적이고 전위주의적인 멜랑콜리커가 내심 품고 있었던 열망이었으며 또 다른 비전의 바탕이 되고 있음을 고백해주고 있다.

시와소금 시인선 067

멜랑콜리사피엔스

ⓒ이사철, 2017, printed in Seoul, Korea

1판 1쇄 발행 2017년 10월 25일
지은이 이사철
펴낸이 임세한
책임편집 박해림
디자인 유재미 정지은
펴낸곳 시와소금
출판등록 2014년 1월 28일 제424호
주　소 강원 춘천시 충혼길20번길 4, 1층 (우-24436)
편집실 서울 중구 퇴계로50길 43-7 (우-04618)
팩스겸용 (033)251-1195 / 휴대폰 010-5211-1195
이메일 sisogum@hanmail.net
ISBN 979-11-86550-54-0　03810

값 10,000원

강원 지속발전의 열쇠, 문화올림픽 구현
이 시집은 강원도, 강원문화재단의 후원금으로 발간되었습니다.